不仅仅是一本诗集
也不仅仅是一个清华学生眼中的清华

This is not only a collection of poems
nor only from the eyes of a Tsinghua student

本书出版得到

"清华校友原创作品支持计划"

项目的支持，谨此致谢！

西校门

图片摄影 吴鹤立

主楼

大礼堂

二校门

清华学堂

工字厅

图片摄影 吴鹤立

西大操场

图片摄影 杨丽英

图书馆

原图摄影 张凤春（吴鹤立加工）

图片摄影 杨丽英

清华荷塘

新清华学堂

图片摄影　张凤春

图片摄影 吴鹤立

紫荆公寓

图片摄影 张凤春

自强不息 厚德载物

图片摄影　吴鹤立

祖国儿女　清华英烈

校河

原图摄影 杨丽英（吴鹤立加工）

图片摄影 杨丽英

水木清华

工程力学系 1988 届毕业合影（前排右一为作者）

一个清华学生眼中的清华

TSINGHUA in the eyes of
a Tsinghua student

因为

Because of
Tsinghua

清華

吴鹤立 /著

作家出版社

图书在版编目（CIP）数据

因为清华 / 吴鹤立著. -- 北京：作家出版社，2023.6
ISBN 978-7-5212-2268-5

Ⅰ. ①因… Ⅱ. ①吴… Ⅲ. ①诗集 - 中国 - 当代
Ⅳ. ①I227

中国国家版本馆 CIP 数据核字（2023）第 061604 号

因为清华

作　　者：吴鹤立
责任编辑：桑良勇
装帧设计：吴鹤立
出版发行：作家出版社有限公司
社　　址：北京农展馆南里 10 号　　邮　　编：100125
电话传真：86 - 10 - 65067186（发行中心及邮购部）
　　　　　86 - 10 - 65004079（总编室）
E - mail: zuojia@zuojia.net.cn
http: // www.zuojiachubanshe.com
印　　刷：北京盛通印刷股份有限公司
经　　销：全国新华书店
成品尺寸：135 × 210
字　　数：189 千
印　　张：15.5
版　　次：2023 年 6 月第 1 版
印　　次：2023 年 6 月第 1 次印刷
ISBN 978 - 7 - 5212 - 2268 - 5
定　　价：88.00 元

水木清华

贺美英

二〇二三年五月

适值母校建校110周年之际，我力图从一个清华学生的视角和感受，借助文学的语言解读清华精神、清华学风、清华印象和清华情怀，以诗歌的形式把清华的校园生活、校园文化、校园风物和校园景色，呈现给关注清华、热爱清华、向往清华和怀念清华的人。

为有长风真清色

不辞人间第一流

在清华上学时的作者

目录

天行健，君子以自强不息；
地势坤，君子以厚德载物。

———《周易》

青葱岁月里的清华记忆

　　吴鹤立是 1983 级力学系的同学。在清华读书期间，鹤立曾经在校学生会工作过，那个时候，我们就认识了。一晃三十多年过去，再见面时，鹤立仍然是我记忆中的那个样子，满是少年时追逐理想的热情。鹤立带来了他的清华记忆，一本厚厚的诗集。翻开来细读，全是八十年代清华学生的青葱岁月，属于我们那个时代的清华记忆。

　　"抽屉里，
　　　清华的录取通知书，
　　　　墨迹已干"，
　　而我们的清华记忆，
　　　从未褪色，犹如昨天。

南北干道上高大的白杨树，

　　刻下我们无数次的匆匆往返；

而东操场边，

白杨树上的大眼睛，

　　静默地凝视，

　　　　各种爱与别离，

流下的伤心泪迹，

　　早已凝结在树干。

　　鹤立的清华记忆是丰富的，八十年代清华学生学习生活的各个方面、各种感受，鹤立都用诗的方式，以诗人的细腻，呈现出来。有些记忆，只停留在了八十年代的记忆里，例如三院教室，八十年代我们上课和自习的地方之一，因为建设图书馆三期，而拆掉了。八十年代记忆中的清华学堂，大部分教室是制图教室，大大的绘图桌，高高的圆椅子。上午的制图课上，一缕晨光照进教室，照在绘图桌上，同学们安静地摆弄着丁字尺，把铅笔尖削成不同的宽度，认真地画工程图。那是多美的意境。鹤立诗中描绘的五食堂，还有旁边的六食堂，九十年代末拆掉后，新建了现在的"听涛园"，俗称"万人大食堂"，而东区的七食堂拆掉后新建了"清芬"食堂，九食堂现在成了"未来实验室"，因此，五食堂以及其他如七、九等食堂的饭菜味道，成为八九十年代清华学生温暖记忆的一部分。

八十年代的清华学生，有典型的工科生特征，但是，许多同学的内心，都是文艺青年，且有着极好的人文艺术素养。当时，涌现出一批知名的诗人。鹤立告诉我，当年在学校读书时，他并不写诗，但是，在我看来，他恰恰一直保持了文艺青年的内心，保持了追逐理想的内心。这部诗集就是他内心的映照。"因为清华，我不知道我，是到达，还是出发"，因为清华，他始终有着青葱岁月时的火热内心，始终保持对事业对生活的热情，因而能够为这个国家的建设和发展不断贡献力量。就像那些在祖国四面八方努力工作的八〇后、九〇后一样，鹤立的诗也又一次鼓励和鼓舞了我。鹤立在毕业三十多年后，还能写下充满激情的长诗，正是母校清华所给予的一种力量。

2021年，正值清华110周年校庆，校友总会启动"清华校友原创作品支持计划"，鹤立有幸成为这个计划支持的第一位校友。衷心希望校友们积极关注和支持这个计划，让我们一起将能够反映校友思想、事业、生活等方面的感悟留下来，也给母校留下一笔珍贵的精神史料。

史宗恺

2022 年 1 月于清华园强斋

我的印象清华

"清华"一词出自东晋谢混的《游西池》:"惠风荡繁囿,白云屯曾阿,景昃鸣禽集,水木湛清华。"当"清华"这个词成为一所学校的灵性时,那便是我梦牵魂萦的母校——清华大学。

记得在清华上学的时候,总是会有人在一起讨论这样一个问题:清华之所以是清华,所谓若何?一曰:生源好,都是通过高考选拔出的精英;二曰:老师好,大师云集;三曰:设施齐全,设备一流。窃以为皆不尽然。诚然,我也说不清是何故使得清华之所以是清华,但我想,我们每个人的心中都会有一个自己的印象清华,都会有一个自己对"为什么是清华"的解读,可谓:"一人一步一月色,一年一度一荷香。"那么,到底什么是我心中的印象清华，说实在的，我至今也没有一个清晰的定义。

适值母校建校 110 周年之际，我努力地试图用一个清华学生的视角和感受来解读清华，解读清华到底带给了我们什么。想来想去，所有能够想到的好像也只是：

梦，是唯一的行李
人，是不变的行者

不是，因为风光
而是因为
清华

建校 110 周年
其实就是一个自强
和一个厚德
跟着一张
笑脸

那是一张，风雨前
面对的笑脸

那是一张，风雨中
承担的笑脸

那是一张，风雨后
回望的笑脸

从永远，到永远
……

记得还是在刚入学时，大学物理老师站在油漆斑驳的讲台上，迎着一片充满期待的目光，说："同学们，请你们不要跟我说，这个，牛顿是怎么说的；那个，爱因斯坦是怎么说的。我想听的是，你是怎么说的！"或许，这就是我刚入学时的印象清华吧。

临近毕业时，教授燃烧学的耄耋老教授，神采奕奕地说："同学们，请你们记住，火焰永远是对的，错的，只能是燃烧方程！"我想这可能就是我临近毕业时的印象清华。

参加工作后，每当在工作中做出一点什么成绩的时候，就会听到有人在说："他是清华的！"如果做错点什么的时候，耳后也会响起一句："他还是清华的呢！"这时我便想起离开清华时老师的叮嘱：

"你们出去以后，在工作中不管遇到什么技术难题，就回来！"不得不说，这就是我毕业后的印象清华。

我时常会在梦中想，在清华，我们到底学到了什么？有时真的觉得清华很小，小得只能装下两个字——自强。可在人们的眼中，我又切实地看到清华的确很大，又大得我什么也带不走，能带走的还是只有两个字——自强。毋庸置疑，这是我梦境中的印象清华。

不管是入学时的印象清华、临毕业的印象清华，还是毕业后的印象清华，以及梦境中的印象清华，可以说都不是一个完整的印象清华。只有在我们愕然回首时，才发现，那自强不息之弘毅，那厚德载物之高远，还有那"华北之大，已经安放不得一张平静的书桌了[1]"的呐喊和那"两弹一星"的亮剑[2]，才是我们心中不可磨灭的印象清华，才是一个完整的印象清华的轮廓。如果说一定要勾勒出一个完整的印象清华的话，或许一个由"许国以身的清华人、与国同行的清华风，再加上与国同根的清华魂"共同组成的印象清华，才是我们心中最完整、最恒久、

1　出自"一二·九"运动前夕，清华大学救国会发出的《告全国民众书》。
2　"两弹一星"指核弹、导弹和人造地球卫星，在23位做出卓越贡献的科学家中，有14位是清华人。

最清晰的印象清华，或者说——中国清华，永远属于这个民族，永远属于这片土地。

不管岁月曾经有过多少断层，也不管生命会有多少次轮回，是清华，让我们收获了青春，让我们开启了人生。所以，当有人问我，何以要写这样一首长诗时，我会毫不犹豫地作答："因为清华！"

吴鹤立

2020 年 12 月

再版说明

　　《因为清华》是我借鉴中国古典文学章回体手法创作的一首长诗。2021年作为清华大学建校110周年校庆图书出版后，得到了众多读者朋友的支持和鼓励，更有越来越多的中学甚至小学的读者以及家长开始关注并喜爱这本诗集。看着这本我在清华初次出版的《因为清华》，不禁回想起在我刚开始联系出版的时候，总是有人会这样问我：

　　　你发表过诗歌吗

　　　答：没有

　　　你出版过著作吗

　　　答：没有

　　　啪，电话挂了

　　　还是我的母校

没有这样问过我

还是因为清华

谢谢清华

谢谢清华

又想起一日，我去医院看病，大夫问：

你片子拍了吗

答：拍了

你血验了吗

答：验了

好，去拿药吧

站在发药的窗口

我却不知道

要给谁取药

鉴于此，后来我在阅读中学生读者朋友们给我寄来的《因为清华》读后感时，泪水模糊了我的双眼，透过稚嫩、青涩而又真切质朴的文笔，我能肯定是同学们自发写的，肯定是同学们自己写的，写的也肯定是同学们自己。谢谢同学们，让我深受感动、备受鼓舞。我想我的创作如果能为同学们热爱诗歌、提高诗歌的阅读和鉴赏能力，或者对同学们提高作文写作水平和写作兴趣，哪怕是只有一点点的帮助和启发，我亦深感荣幸和欣慰。如有机会，我将非常愿意与同学们一起交流我所知道的清华、我的创作初衷和我一点肤浅的思考，以及一些同学们共同关心的话题。毕竟高考既是同学们所要面对的人生重要关口，也是每一个过来人的人生回忆。因此，我非常希望能够与您一起解读成长、一起品味人生、一起廊回岁月。坦率地说，这次再版《因为清华》，除了我的清华情愫外，还有一个非常重要的原因，就是我非常希望能有更多的读者特别是中学的同学们来品鉴我的创作，这必然会让我广受裨益。

根据读者朋友们的热情反馈和宝贵建议，我对长诗又作了必要的补充和修订。修订后，全诗已超过6500行，并将清华校庆出版的33章细分为"感恩""学风""印象""文化""风物""情怀"和"同学"七个主题之下的33章，还大量增加了文理科知识的兼容性表达以及名言警句和古诗词的引用、借用和化用。此外，在附录中又增补了《七绝 水木清华听雨声（其一至其九）》和18首我的词曲原创歌曲。其中，抗疫歌曲《爱生爱 心连心》和冬奥歌曲《同一个世界》两首已公开发表并广为传播，希望读者朋友们能够喜欢。

此次再版，敬爱的贺美英老师欣然为本书题字，尊敬的宗恺学长在百忙中为我作序，又得到了作家出版社的大力支持和倾情打造，在此一并深表衷心的感谢！

吴鹤立

2023 年 5 月 16 日

苟日新，日日新，又日新。

——《礼记·大学》

01 录取

Admission

因为清华

亲爱的同学，你我的距离

只剩下从家里到车站

紫荆花开

人生有顺境，也有逆境。人在逆境时需要调整心态，实际上，人在顺境时更需要调整心态。因为人在顺境中，最容易忽视感恩之心以及对他人的关爱，此刻的反思和回望可能比庆幸更为重要，一切还要看明天。可以有"十年寒窗无人问[1]"，也可以有"一日看尽长安花[2]"。可我认为，还是把心态平静到"亲爱的同学，你我的距离，只剩下从家里到车站"，路，才会走得更踏实。

我们都有一颗奔腾的心

却总在寻找安宁

1 〔元〕高明《琵琶记》："十年寒窗无人问，一举成名天下知。"
2 〔唐〕孟郊《登科后》："春风得意马蹄疾，一日看尽长安花。"

吵闹我多年的小闹钟

终于被我锁进了抽屉

连同八三年的高考

和那开山的哨子 [1]

及其收兵的鸣金

也一起锁进，我已知道

不会再拉开的抽屉

房间里静得令人遐想

外面的声音

始终，都显得

可有可无

分针，不再争分

秒针，不再夺秒

似乎一切都停在

时针指定的地方

让习惯与时针 PK 的我

蓬松得，手足无措

和着风语抖落了

---

1 当年高考，离开考 5 分钟时，教室外面的监考老师会吹哨提示时间。

一地的光阴

心
在不停地翻越一道
又一道的底线
每刷新一次孤独
就会再刷新
一次辽阔

天
总是热得出奇
把房间压缩得只能躺下
我一个人的灵魂
可时间，却膨胀得
比小说还长

我
趁着夜色下的那点爽朗
赶紧逃离这个
充满修辞语言的世界
又步履蹒跚地踏上了

鲁滨逊¹漂流的

一叶孤岛

咦

岛上怎么会没有啤酒卖

楼下，刚才买啤酒的人

不是排得很长么

难道一个人的世界

就不能独酌

人

在落日里孵化

有谁听见

争抢风头的知了

叫声，越来越远

不忍打扰我

在暮霭中的假寐

路

在月光下蜿蜒

1　英国作家丹尼尔·笛福所著《鲁滨逊漂流记》中的主人公。

有谁看见

我的沙滩小屋

已打开了一扇窗

正把一缕一缕的南风

送往北方。跑得

比时间还快

抽屉里

清华的录取通知书

墨迹已干

小闹钟

又再次，绷紧

时间的皱褶

阳台上

刚浇过水的花盆

也格外地醒目

电风扇

习习的能看见

飘过的，每一片云彩

临行平夜静，独自问心时

垂首知清露，寻踪皓月池

离家的日子

成了没有诉讼请求的被告

讼诉的时效

只有三天

昨天，是

一本日记

该写的，不该写的

早已写满

等着尘封

今天，是

一本账簿

该记的，不该记的

都已记下

等着发酵

明天，是
一本日历

该来的，不该来的
还是空白
等着打开

谁敢说，每人每天的台词
不是自编自导的
……

母亲，像在为我
过一个童年
唤儿切切，抚背若水
舐犊殷殷，掬态夭夭
总是想尽办法
要把我爱吃的
鼓捣出花色来
等着我的巡猎
看着我的册封

我暗恨自己
此前怎么就没有认真端详过
我的母亲
在她越来越深的鱼尾纹里
也有着一个花季

我看着远方的时候
母亲，看着我的脚下

我笑，母亲也笑
母亲笑的时候
我，却怎么也
笑不起来

真不知道，什么东西
是什么时候
在什么地方
把母爱锋利成了
一把没有刀柄的刀

未等低头心已涩
何须强作琅琊声

我看着窗外，在安慰自己
母亲看着行李
在安慰我

谁，能给我一个理由
让我可以背起一口井去离乡

还是母亲，给了我一双脚
让我去跨越高山
跨越江海
跨越戈壁
可我始终无法跨越
母亲的眼神

许愿的开场，不缺浪漫
许愿的尽头，不缺欺骗
对于母亲
我只许下一个愿
如果是浪漫
那就放开来
浪漫一次

如果是欺骗

那就着实地

骗她一回

心怀锦绣，人郁金香

纵有万语，不越一山

平日里，母亲的唠叨

就是一阵风

将作别，每一阵风

都是母亲的唠叨

我私自把母亲的唠叨

加密，装了

满满一提箱

我装得，异常小心

远处的山

也异常点起了头

内卷出另一股风

从天的穹顶吹过来

捎来了，天空的蓝

我知道我

将要去独自旅行

路上会有太多太多的精彩

精彩的，有人

想做一座火山

想怎么迸发

就怎么迸发

也会有太多太多的诱惑

诱惑的，有人

想做一片白云

想飘向何方

就飘向何方

还会有太多太多的浪漫

浪漫的，有人

想做一朵鲜花

想送给谁

就送给谁

真的，很自由

真的，很自我

真的，很率性

真的，能活出一个

自己喜欢的样子

而我，只想做母亲的儿子
母亲在哪儿
家，就在哪儿
故乡在哪儿
根，就在哪儿

去北京的车票
被母亲，放在了一个
只有她自己
才知道的地方

因为，她知道
远方有人在问
我的到达
正如我在问
谁会出发

又一阵风
恰如其分地吹了过来

因为清华
亲爱的同学，你我的距离
只剩下从家里到车站

02 北京站

Beijing Railway Station

因为清华

我不知道我

是到达，还是出发

我在高中以前，是跟着祖母长大的。可我的祖母不识字，当我考上清华时，祖母很是困惑，问我的父亲："清华是个什么东西？"还是父亲急中生智告诉她，清华就是我们中国的"郧阳府高"（我的中学当时是郧阳最好的中学，历史上曾叫"郧阳府高"）。谈到高考，我说不清怎样才能考好。但我的确看到，为了有好成绩，有人忙于求仙指路，也有人忙于求医问药。可我总觉得好像缺点什么，倘若真的借此达到了目的，或许会缺得更多。

人生，会有车站
但生命，不会止步

岁月，可以蹉跎

可以流金

或可峥嵘

或可凝华

均无不可

但时光，都是有血有肉的

与其去哀怨

时光的流逝

莫如以铜为鉴

正正衣冠

问问自己

还有多少灵魂

能够赋予时光

火车向北上

与黑马同步

每一步

都充满，倔强的理由

铁轨往南走

与白云同行

每一朵

都显得，若有其事

再见了，小闹钟
再见了，黄凉树[1]
再见了
那个街道
比城市还要宽的地方

黄昏
风
向我招手
视线，坠入了
不可回收的深渊

子夜
雨
对我诉说
思绪，在黄河
黑色的层流[2]中

---

1 在祖母门前不远的大路旁，有一棵古老的黄葛树，南来北往的人
  常常会在此停留歇脚，黄凉树是人们的别称，也是我童年的记忆
  和故乡的标志。
2 流体力学概念。

痴痴沉醉

晨爨
炊烟
与时间垂直
让早晨的味道
不能互换

黑与白，就这样
在枕木的间隔中
分离昏晓色差
又在接轨处击节
挥洒一路
水墨苍茫

前方的路，越走越远
身后的路，越走越长

鄂西北，一个传闻
有野人出没的地方
那个被我掀翻了的小小村庄
只有我的祖母拄着拐杖

老花而又深陷的双眼

不时怔怔地看着村口

关关雎鸠

在河之洲

……

每当此时，我的祖父

就会默默站在祖母身后

咂吧着他的旱烟

尽管那时的祖父

已什么也看不见 [1]

但我知道此刻的我

就在他的烟锅里

我从未见过祖母喝酒的姿势

她每次见到我的时候

都已是酒后的小脚碎步

但我听得出，那是周南 [2]

楚风的小雅

---

[1] 我的祖父因白内障双目失明，长大后要挣钱给祖父做手术是我童
年就立下的誓言。

[2] 湖北房县古属周南之地。

一如：吉甫 [1] 作诵

穆如清风 [2]

自从上高中离开祖母后

我的心口，就一直透着风

群山苍苍，汉水茫茫

故乡，就在极目的尽头

我的祖母总是会从那里

走出来向我招手

有时，我抢到先招手

有时，祖母抢到先招手

我能清晰地看见

祖母的每次招手

都非常小心

我想是她，怕招的次数多了

会让我伤感

招的次数少了

————————

1　尹吉甫，西周房陵（今湖北房县）人，黄帝之后伯儵族裔，尹
　　国国君，是《诗经》的编撰者和代表性作者，被尊称为"中华诗
　　祖"。

2　出自《诗经·大雅·烝民》："吉甫作诵，穆如清风。仲山甫永怀，
　　以慰其心。"

又怕我看不见

我真的很后悔

从小就被祖母

唤作小算盘 [1] 的孙儿

怎么就没有想到

给她算一个招手的

最大公约数

搁在门前的小土坡上

火车，在飞驰

祖母的纺车也在飞旋

眼前恍惚有一条绵绵不断的纱线

从祖母的指间隐隐抽了出来

细得，只有我能看见

白得，像祖母的两鬓

一头牵着我

另一头牵着祖母

我想这次

1　小时候，因为我的口算好，祖母给我起的昵称。

我真的是
见到了我的祖母
直到，那吱呀作响的纺车
停止了转动

火车，到站了
我以为
我
读懂了时间
心，就不会迟到

车头，向着前方
车尾，朝着故乡

到达的，冲在前面
还要出发的，却在后面

既有人，叫阵于前
也有人，压阵于后
这种我从来没见识过
就一下子
闯进去的阵势

让我有些怯场

人没骨气，时间就没骨气
人有骨头，时间就有骨头

我从不担心我从故乡
驮来的初霞
会滑落一地

可我的确担心我从故乡
背来的余霞
会失落一回

我知道我的一路所见
还只是，行程的一半

可我真不知道
是谁发明了那该死的斑马线
让一个个路口
都如出一辙
别想一步，就能跨过

我，每走出一个路口

不过是在走向

下一个路口

我只好

走一步

看一步

真的是，山重水复 [1]

疑无路

最后，还是不得不

看一步

走一步

才发现，柳暗花明

又一村

再快，也有不能企及的距离

再慢，也有能抵达的远方

我狠狠地把返乡的火车

---

1 〔南宋〕陆游《游山西村》："山重水复疑无路，柳暗花明又一村。"

嵌在针眼里

编成了一个

中国结

清华，接送新生的校车

一辆接着一辆

喊着近前

喊醒了红灯

喊醒了行人

也喊醒了我

站前的广场上

一切都是陌生的

只有迎新站

没有给陌生留下

一点空间

让我直接去

跟时代接洽

所有等车的人

共用一张车票

那一张张票根

都要留作这个秋天

火的回忆

和火的延续

我既是见证者

又是隐忍者

剪不断的乡愁

扑不灭的灼燃

我，还要带回故乡

梦，是唯一的行李

人，是不变的行者

离开站前广场的时候

没有人送别

每个蔚蓝的内心

只能是，自己

对自己说

再见

因为清华

我不知道我

是到达，还是出发

03 白杨

Poplar

因为清华

离开的，最后一眼

依然是到来的，第一眼

入学时，清华南门里那高高的白杨，曾经被我们解读为"工程师的摇篮"[1]的象征，伴随我度过了大学的寒窗岁月，也是很多清华学生记忆深处的清华。白杨质朴而挺拔，每当我回想起清华的学生生活，就会觉得是从认识白杨开始的。毕业后，每当清华同学相遇时，不管事先是否认识，那份共同的母校情怀，总让我们有着不分彼此的认同感，这或许正是源于白杨固有的一种质朴。

每个人都会有一个地方

被自己，吻得春暖花开

1　清华被人们称为"工程师的摇篮"。

走入清华的第一眼

是南门里的大道两旁

那两排高高的白杨 [1]

只见其首

不见其尾

长长的，一条路

悠悠的，一片天

从迈开的第一步开始

白杨的云影就在嵌入

眼底的每一根视网

直到我小心地

从路人的眼中

找到了我自己

才能结束

都市的繁华

到此，竟无影无踪

纷至的教学相长

1　当时清华南门里的大道两旁，各有两排挺拔的白杨树，颇具工程
　　师的气质，让很多清华学生引以为傲。

焚膏继晷

一路笃行的人

脚步求是

像在朗诵

声声入耳

送走繁华

留住风华

世间的喧闹

到此，亦无声无息

沓来的致知穷理

移山镇海

全靠自行的车 [1]

越位抢跑

像在赶潮

虎虎生风

1　当时的清华，从学生到老师在校内通行主要依靠自行车，几乎是
　　人手一辆。

远去喧闹

不缺欢闹

无论是从上到下

还是从头至尾

可以肯定的是

白杨，正作为一个整体

在位移[1]

霜风雪雨

雨雪风霜

这里，始终是

一片迁徙的天地

从来都不会与世隔绝

除非，你自己

要把世界拆解得

与自己的身体

一样小

1　物体由初位置到末位置的有向线段叫做位移，位移是矢量。

秋天

有多少落叶

就有，多少先机

会标明季节的禁忌

让来到这里的步点

与某种时光关联

冬天

有多少树干

就有，多少依靠

那培根的厚土很肥

但，别想揩出

一滴油

春天

有多少新芽

就有，多少摇篮

即使弱小得毫不惊风

也会慢慢摇出

水清的木华

夏天
有多少绿叶
就有，多少绿荫

那叶子的密度
只有星星才能揣摩
有多少露珠

白杨的四季
恰好是，我喜欢的样子
每年都要和气候争着翻译
熏风、碧雨、寒露和晴雪
作为那段年华的证词
轻轻地读给
一条小溪听

剪辑好献词的叮咚作响
以及带着幽兰的汩汩低语
都是岁月的
一种湍流

大道上，林荫的斑斑点点

像是叶子故意弄碎的阳光

我会小心地拾起来

捧在手上

再夹到日记里

做成时间的标本

用来转告关注我的

每一个人

以确信，我不是

这里的过客

入学时

白杨，在身旁

路有多宽

白杨，就有多宽

一棵接着一棵

不分先后

此生

此景

此情

毕业时

白杨，在身后

路有多长

白杨，就有多长

一棵挨着一棵

不分彼此

此情

此景

此生

这么多的白杨

我相信，一百年后的

清华校长

总能拔出一棵来

送给新生

再看那棕榈树下

一条弃船，渐渐

被太阳炙烤着的黄沙

深深掩埋

只有是自己的，才是留下的
会有一万个理由
让人变老

只有是民族的，才是世界的
就这一个理由
清华不老

我，就是我
心底，始终
有一个声音
在呼唤

清华，还是清华
耳边，不断
有发聩之声
在呼喊

沿着书山的脊背
踩着不变的步伐

挥挥手，我来了

挥挥手，我走了
眼泪又一次背叛了
我的眼睛

南门里的大道两旁
有两排高高的白杨

因为清华
离开的，最后一眼
依然是到来的，第一眼

04 第一课

The First lesson

因为清华

不在于是否跨过了，一座桥

而在于是否点亮了，一路的灯

清华对每一届入学的新生都会进行很深入的入学教育。在我们回首清华时，很多同学都对入学的第一课印象深刻。人世间，每个人的任何一次成功，都只是跨过了一座桥而已，更重要的是如何点亮未来一路的灯。学习的定力，终究取决于为谁学、为何学和如何学。有什么样的气质，就有什么样的人生。这或许是任何一个人，不管你想当什么样的学生，都应必修的第一课。

我们可以感性地推理明天
却只能理性地，定义今天

入学第一课的备份

至今，还存储在

二教 [1] 的回响里

从没有想过

要去写上到期的时间

即便雨骤风暴的夜晚

呼吸也会绵长

第一课的窗外

枝头的鸟语

编织着花香

飘飘洒洒，正是

我们的心境

教室里的灯光

交织着目光

翻江倒海地合纵

远交近攻地连横

想极力掩饰我们

曾经的痴迷

---

1 清华早期的标志性建筑，在大礼堂的西侧、科学馆的南面。

但，无济于事

一切，都是新的
新的，就是一切

兴奋，没有饱满笔尖
钟声，却把踌躇驱散

谁也未曾想到
庚子 [1] 年间的一页日历
放在历史的天平上
会比铅重

更没有想到
第一课的余波
能让时间
欣然板结

为什么，最爱发生的
总是，最没有想到的

1　清华大学最初是清政府设立的留美预备学校，其建校的部分资金
　　源于庚子赔款。

据说这个诘问

每届新生

在第一课上

都会提出。而老师

向来都是

笑而不答

那天的老师

来了很多

就像一排感叹号

把第一课

省略得，只剩下了

感叹号的落点

不过，蔚为壮观的

还是第一课的沸点

居然有这么多的人

在爆燃的空气中

同时

一头

撞向

山河

这一撞，真的很疼
这一撞，真的很深

我们万马奔腾般地冲进二教
可经过第一课路由[1]后的场面
竟然落荒成了
一尊尊泥塑
前半个身位是马
后半个身位
还不是马

昨天的悲歌
是华北，放不下的
一张晓月书桌
在西南的月色下
同方[2]投影

1　路由器是一种计算机网络设备，它能选择数据的传输路径，这个过程称之为路由。

2　同方部，清华早期的礼堂，在清华学堂的北面、大礼堂的东侧。"同方"一词出自《礼记·儒行》："儒有合志同方。"

今天的放歌

是西南联大[1]的

一堆狂野篝火

在故园的紫光中

交互作响

时间，让课桌，变得沧桑

岁月，让颜色，变得历史

我忽然觉得自己

就是一只小小的鸟

天空，将会是我的高傲

大地，将会是我的宽厚

不是我不想留下

一点飞过的痕迹

只是因我

实在太小

可牛顿说

---

1 1937 年抗日战争全面爆发后，清华南迁，与北大、南开一起组建
   国立长沙临时大学，1938 年迁至昆明，改名为国立西南联合大学。

一个小苹果[1]向下

只能加速跌落

向上，却可以

冲进宇宙

撞击星星

我和我周围的人

陡然在万有引力的世界里

叛逆的，擦亮了

窗外的天际

而爱因斯坦[2]说

相对于结束

开始是漫长的

相对于开始

结束，又是

短暂的

人生的广义长度

竟如此经受不住时间

1　英国科学家牛顿受苹果落地的启发，发现万有引力。
2　美国物理学家，创立广义相对论和狭义相对论。

狭义长度的消解

正如，子在川上曰 [1]

逝者如斯夫

如果还有谁

再去妄想时光的倒流

那只能是泪水

最为丰盈的

午夜狂奔

从此，开始与结束

像秋千的两根绳索

决然铆定在第一课上

我们当仁不让

把自强与厚德 [2]

都荡进了

清华学堂

无形中，剃度出

一条极速的高铁

两根轨

1　《论语·子罕》："子在川上曰：'逝者如斯夫。'"
2　清华大学校训：自强不息、厚德载物。

一个梦

一边

一半

尽管，第一课的课件

还只是一张入住天空的暂住证

但我相信，只要

姓名、日期和理由

能有一项

不是假冒

就是一次

自我放飞

天空，从来都是一点儿也不空

谁要想自由地飞翔

你可以不必知道

天空的上限

在哪儿

但必须知道

天空的下限

在哪儿

人，之所以犯错误

不是因为不懂

而是因为

自以为是

什么都懂 [1]

反观真正全懂的上帝

却从不会为自己

造一个，连自己

都搬不动的石头 [2]

或者，能搬动

但砸在自己的脚上

幸福的泪水，总是会从结束向开始流

悔恨的泪水，总是在从开始向结束流

只有，面向一个时代

才能，背负一个年代

1　语出卢梭，法国十八世纪启蒙思想家、哲学家，浪漫主义文学流
派的开创者，启蒙运动代表人物之一。
2　源自著名的"全能悖论"。

今天，该怎样地开始
明天，又该怎样地结束

我们会记住别人说
素质，赢得成功

可我们自己还想说
气质，赢得人生

因为清华
不在于是否跨过了，一座桥
而在于是否点亮了，一路的灯

05 大礼堂

Auditorium

因为清华
方，是接地
圆，是向天

清华大礼堂，隔着草坪与二校门相望，和图书馆、科学馆、体育馆并称清华早期的"四大建筑"。上圆下方的结构融合了古希腊与古罗马的建筑风格，于1921年建成，是当时中国最大的大学礼堂。大学是希望的田野，大学是青春的驿站。清华学生在毕业时，多会选择在大礼堂的前面留影，或许就是要用"方和圆"的取舍和"是与非"的博弈去考量自己的一生。

只有简单了复杂的世界
才能简明多彩的人生

有人说，能泰山
崩于前而色不变
可听到的人
听到也就听到了

倘若是一堵墙，倒了
有捶胸顿足的人
就有兴高采烈的人
有暗自垂泪的人
就有窃窃私语的人

谁能想到
一块一块
看起来很不起眼的方砖
竟然都是通着人性的

如果说，大礼堂
是方的
那是一块
用生命浇筑的砖
经典着经典
古典着古典

让这里的文章

义无反顾

写在大地上

不管在什么时候

都不会改变

那一份接地的平实

时间越久

本色弥新

和大地一样

寂寂生长

那土生土黄的纹理

缔结时代的脉络

让方块字的横平竖直

绝不会，成为

历史的摆设

水木觉醒，地球蓝了

地球觉醒，天空蓝了

可天空觉醒了呢

没有水的

敢叫水星

没有木的

能叫木星

如果说，大礼堂

是圆的

那是一顶

幽蓝季节的华盖

年华着年华

清华着清华

毫无疑问

这里的品相

是天空觉醒的简介

不得不说

一张栉风沐雨的蓝图

已被描得，出于蓝

又青于蓝

无论有多少尘埃

都掩盖不住

兼收的眼睛

拔地向天

随着岁月的罔替
曼妙行健的舞步
让古老的薪火渔歌
终不会，成为
生命的绝唱

也许是诗情
也许是画意
除了有气息
更是有气势
因此，这里的不期而遇
只有最强壮的种子
才能如约快递
橙色的秋天

大礼堂，方和圆的身法
从不会只是站在
自圆其说的一侧
冷对是非曲直的
貌合与神离

总是会，从切入

是非曲直的博弈入场

向曲直是非设问

直到曲直了是非

曲终。心

未散

大礼堂，曲和直的身手

调制内切与外接 [1]

终结方和圆的劫争 [2]

交集 [3] 天地方圆的

谐频与共振 [4]

又总是，从浑成

天地方圆的一体入境

向方圆天地放眼

1　几何学术语。圆在方的内部与四边相切叫内切，圆在方的外部与
　　四个顶点相交叫外接。

2　围棋术语，简称"劫"，也称"劫争"或"争劫"。

3　数学上，由属于集合 A 且属于集合 B 的所有元素组成的集合，称
　　集合 A 与集合 B 的交集。

4　指某一物理系统在特定频率下，比其他频率以更大的振幅振动的
　　情形。

直到方圆了天地
方兴。人
不变

有是非，就有曲直
有天地，就有方圆

打开一个世界，须走得进去
你可以是，单薄的

面对一个世界，要迎得上去
你不能是，浅薄的

有多少日子
苦于心志
始于足下
就有多少岁月
横岭吹雪
饮风沉沙

有多少光景
数着日暮

想着云裳

就有多少青春

隔岸观火

雾里看花

总会有人要把大礼堂

泡在葡萄美酒夜光杯¹里

以去胜过纸醉金迷

的确是，胜过了奢华

的确是，胜过了牵挂

可也胜过了

挣扎

山川有意争风雨，日月无心自在人

大礼堂，我的一切

尽在你的

方圆之中

而你的一切

---

1 〔唐〕王翰《凉州词》："葡萄美酒夜光杯，欲饮琵琶马上催。"

尽在，我的
方寸之间

之所以毕业合影时
我们会选择
站在你的前面
其实，就是为了
在你的目送下
带着那些还没来得及
完成的定义
去参加，另一场答辩

把背影留给你
不过是想让你
看到，我们会
一直向前

抱死一亩地，供奉一座庙堂
坐实一方土，配享一座殿堂

自强不息，是前往宇宙边界的驿站
厚德载物，是扛起地球冲浪的混元

我们不是，因为快乐而追求
我们只是，因为追求而快乐

谁也说不清，方的起源
谁也摸不到，圆的顶点

因为清华
方，是接地
圆，是向天

06 科学馆

Science Building

因为清华

有多少次，失败

就有多少次，重来

二十世纪八十年代，清华科学馆是国内高校近代物理实验设备最为齐全的科学馆，从这里曾走出杨振宁、钱学森、钱伟长、钱三强和邓稼先等众多科学巨匠。每当走进科学馆，那份敬畏之情，总会驱使你有多少次失败，就有多少次重来。事实上，结果的失败不过是一次成功的失败，而态度的失败才是一次失败的成功，都会在你的人生档案中留下最原始的采样。

既然我们的回忆只能奉达昨天
又有谁能，置身于人间的前夜

SCIENCE BVILDING

科学馆的门口

简洁地写着

SCIENCE BVILDING

显而易见不是

SCIENCE BUILDING

据此完全可以断定

从一开始的定位

就不是一块

广而告之的牌子

U 和 V 的换位

无限接近一个时代的未知

只有是在这里的人

才能分辨出

那点不同

和那些趋同

在这里，你可以带着成功出发

也可以带着失败到达

你是，打算追风

还是，准备追梦

就像薛定谔的猫 [1]

生和死的结局

看似托付给了

一只诡异的盒子

然而上帝知道

没有一点

是悬念

按照一个比一个好排列

与按照一个比一个差排列

数学的方差和分布列 [2]

的确都一样

也的确不会影响

你在哪儿

但，会决定

你去哪儿

记得有一次

从昆明湖野泳回来

未走进科学馆

1　奥地利物理学家薛定谔著名的量子物理试验。
2　方差和分布列都是统计学名词。

就已惶惶然

满屋冰冷的仪表

其情戚戚

其貌儳儳[1]

漠然报出来的数

虚无与傲慢

我，都是元凶

在畅游的世界里

我用了老半天

才把炽热的阳光

酣然梳理得

一身清凉

而在遨游的世界里

身后一双恨铁的眼睛

一下子，就把我

全然搜刮得

一身冰凉

1　读 chán，〔北宋〕曾巩《华不注山》："虎牙千仞立儳儳，峻拔遥临
济水南。"指动荡不安的样子。

还逐页白化的书中

一会儿，水华

一会儿，水漫

就是没有

一滴

水色

胸口的淤积

不断抬高

不断扩大

咳出来的

都是废话

头顶上的大本钟

那有些愁苦的钟摆

拼命在两个世界之间提速

以期能够取得一点

时间上的和解

终究，没能赶上

孤独的进度

不得不和科学馆说再见

楼梯，坚固得有些瘆人

我每走下一级

就有一级的恐慌

脚下深得

没有了界限

我已无法数清我

离开的脚步

但我一直数着

我的心跳

陪着我的

是一座，科学的城

太阳，给了我一件霓裳

可我还没有把

敬畏的纽扣钉上

从云端跌落的身心

怆然龟缩成了

太阳当空之下

一个小小的圆点

与来时的原点

重合一次
清零一次

科学馆，就在身边
我却什么也看不见
科学馆黑洞洞的大门
只能用沉默
静静地回应
我的沉默

不管我，能否看清什么
但我在内心知道
身后墙上的爬藤
那没有根的末梢
为了看清自己的影子
正在不停地寻找
扎墙的根

即便是，如此地疲于奔命
甚至还有些亡羊补牢
也远比将来被风卷起
摔在地上

优雅得多

此事，已过去很多年……

别说，有啥
说啥。都会跟着时间
一起超导[1]

就像是，一首
只有开头的诗
与结尾爽约的方式
简化的，找不到
写道歉的地方

也别说，没啥
那啥。都能随着时间
一起沉淀

就像是，一瓶
启了封的红酒

---

[1] 1911 年，荷兰莱顿大学 H. 卡茂林·昂内斯发现零电阻下的特殊导电性能，称之为超导。

要把味觉一直逼进瓶底

先变酸、后变苦

最终变得

无色无味

失败，是成功的否命题

通往失败的通行证

都是在这样做

"没事儿"的时刻

签发

成功，则是失败的逆否命题

走向成功的计步器

都是在这样做

"不行"的时点

启动

成功者，要把主观，拴在嘴上

失败者，会把客观，挂在嘴边

有苍白的借口，就有更苍白的理由

人间的一切创伤

都可以交给时间去医治

但医治时间的

却只能是

我们自己

水，就是水

汗，就是汗

银河这枚戒指

太阳可以戴在身上

对人间表白

而我们，则必须

戴在心上

向太阳承诺

风，的确是撞在墙上

才会回头

但，没有哪堵墙

挡住了风

害怕失败，失败就将与你同在

科学馆里的一切

都能继承

唯有日子

无法世袭

因为清华

有多少次，失败

就有多少次，重来

07 水木清华

Shuimu Tsinghua

因为清华

你可以，没有过飞翔

但不能，没有张开过翅膀

人们总是很在意环境的好坏。的确，一个好的环境，可以提升某种时光的幸福指数。但无论环境再好，终归是外在的，一切仍然要取决于内在的。就像人们舌尖上的清华，对于一个清华学生来说，如同一张无形的网，压力与动力同在。我有时在想，人生最大的宽容，莫过于可以容忍你没有过飞翔；而生命的最大要义，可能就是绝对不认同你，不敢张开翅膀。

习惯了跟着众人去散步
就会习惯，走别人的路

水木清华 [1] 的水

抛弃了，争流花而不止的想象力

淡泊的镜像

从不会，渲染一下

人生的倒影

水木清华的木

敢入琼楼

不过是，为了折桂

才临空

我不敢在这里散步

一走，水面上

就有了抖音

我不敢在这里小憩

一停，椅子上

就坐满了云朵

我不敢在这里沉思

一瞥，池边上

就有了对影的婆娑

1　水木清华在工字厅的后厦，树木环绕着一泓碧水，山水之间掩映
　　着两座典雅的古亭。

我不敢在这里作诗

一吟，荷叶上

就有了泪珠滚落

我不想再独自到这里来

也不想，有别的人

独自地来

我从没有见过，这么宁静的湖泊

……

善哉！五华山前

滇池鹭野

浩渺烟波

春水一泓

嗟乎！岳麓山下

漫江碧透 [1]

层林尽染

秋水一脉

1　毛泽东《沁园春·长沙》："看万山红遍，层林尽染；漫江碧透，
　　百舸争流。"

都井然根植在这个湖泊
最为丰沛的穴位上
让你，能细细品出
湖光的底色

我说不清是水的剔透
润泽了，木华

还是木的拔萃
隽永了，水清

反正，舌尖上的水木清华
总是会被人们放大成
一张无形的网
漏网的，肯定
都是小鱼

我与水木清华
今生缘定只有开始
不会有结束
而剧情，也必然是
无论我怎样登场

都有一条隐形的脐带

为我绑定

套马的杆

走进清华

这里，不过是无数画面中的

一个情景

不管你想，怎样截屏

无须人夸颜色好[1]

没有水木清华

就像，没有雨的春天

走出清华

这里，却是一个情景里的

无数画面

也不管你想，怎么剪贴

明月何曾是两乡[2]

1 〔元〕王冕《墨梅》："不要人夸颜色好，只留清气满乾坤。"
2 〔唐〕王昌龄《送柴侍御》："青山一道同云雨，明月何曾是两乡。"

没有水木清华
就像，没有酒的送别

蓦然回首
水的靓面
清波印月
忽近，又忽远
能翻卷起眼前的已知
深情地向过去
叙述一番

毅然向前
木的纹理
昭阳采露
忽隐，又忽现
会不时提醒你
是否还有没完成的
豆蔻诗篇

清华的水木
水木的清华

既能让你，一点一点站起来

也能让你，一点一点飘起来

有人，收集这里的光环

只做加法

最终，成了

无形枷锁

有人，借助这里的光彩

会做减法

又去，照亮

春笋一片

歧路，在这里

早就没有了

应有的歧义

谁都知道

只有埋下誓言的一条

才是通向花丛的蹊径

真好，这里既有路可走

真好，这里也有道可循

是要从这里
勺取一瓢水
去取景打样
别人的肖像
借故用来 PS 自己
沾满滚滚红尘的底片

还是要从这里
采撷一根木
把一池的春夏秋冬
都嫁接带走

两条曲线的拐点 [1]
截然都在，自己的脚下

我知道这里已是我的海
有很多至死不渝的情话
要说个没完

---

1 又称反曲点，在数学上指改变曲线方向的点。

且每一句

都会呼吸

可我还是更想我能踩着月色

把宁静，还给水木清华

有一种等待，能把天空等蓝

有一种等待，能把青山等老

有一种等待，能把秋水等穿

有一种等待，能把冰山等开

有一种等待，能把衣带等宽

却没有一种等待

能把未来

等来

生命的墓志铭

再出彩，都是

别人的文章

千篇一律

竖着写，躺着的人

生命的白皮书

再枯涩，也是

自己的诗篇

每个标点

都在为你断句

横着写，站着的人

要哭，就哭出来

要笑，就笑出来

与其要忍住

一万次的哭

不如开怀

大笑一次

未来，就在脚下的田野上

因为清华

你可以，没有过飞翔

但不能，没有张开过翅膀

08 金工实习

Metal shop Study

因为清华

今天，人文日新

明天，行胜于言

清华非常注重对理工科学生动手能力的培养，金工技能的训练自然必不可少。同学们在金工实习时会有很多有趣的自我设计、自我制作和自我创新。印象中，在学钳工时，制作美女造型的最多，大家还会在一起相互比较和切磋，或许可以称之为一种工程师的浪漫。金工实习，虽然只是我们足不出校门的实践，却让我们在实战中真切地感受到了什么是"铁杵磨成针"，什么是"功到自然成"。

再远的路，也经不起
小心翼翼的丈量

车工，精准的是你

界定人格的粗实线[1]

定位在哪儿

刀锋的指向

就在哪儿

车端面、车外圆和车内孔

都是面子问题

不管你备课了多少

痛定之前的迷彩

都将在痛定之后

被抛光[2]

与其是，容不下

人间的一点凹凸

还不如先把自己

打磨得心平如镜

车刀，校准的是你

取舍品行的千分尺[3]

1　在机械设计中用来表示轮廓的边界线。
2　车工件的最后一刀，也叫抛光刀。
3　车工最常用的测量工具。

前后左右内外上下
尺度一个
尺子一把

就算是毫不入眼的细小偏差
也会被车刀的卡位所出卖
总能把你的圆滑
拿捏得丝丝入扣
被欺骗的，只能是
你自己

焊工，自以为干的
就是一锤子买卖
可焊的，行与不行
都是后者的负担

焊枪，谁敢侥幸一下
焊池 [1]，就敢委蛇一路

只有是，自己动手
焊接到位的龙骨 [2]

---

1 焊接时，焊条形成的熔缝。
2 起固定和支撑作用的结构与造型。

才真的

是方舟

谁能学会，该怎样焊接

谁就懂得，该怎样切割

焊点，最靠不住的

就是那些堂而皇之

成为附庸的焊熔

越表面

越光鲜

焊喉[1]，谁敢放纵一次

焊缝，就敢放空一切

也只有是，自己躬身

堆焊[2]填平的坑

才真的

是坦途

1　焊熔的根到它的面的最小距离。

2　在工件的表面或边缘进行耐磨、耐蚀、耐热等处理的一种焊接工
　艺，通常用来修复磨损和崩裂的部分。

谁的节点，能无缝对焊[1]
谁的明天，就无缝延展

钳工，一出手就是
一个对自己的注解
任何的改动
都是铁定的

谁钻[2]的，有多肤浅
谁离真相的距离
就会比真相
还真实

钳台，是采撷这个世界
被埋没珍珠的舞台
进场，眼要高
入戏，手要低

你完全可以把心仪的女神

---

1 一种精密的焊接技术。
2 钻孔是钳工的一种技能，有俗语："钳工怕打眼儿。"

弄巧成钥匙的挂件

赋上人的温度

系在腰间

或许，真的有一把钥匙

权当一回铁杵

为你撞响一首

难忘的恋曲

可什么时候

能打开，那一扇门

只有月亮知道

成针的时刻

而最终，可能还是

一把生了锈的钥匙

更难忘

电工，抽象的

是具象的生命

走来的，既定

走向

太极生两仪

两仪生四象

四象生八卦

只要春光

没有短路

秋收，就不必

担心归零

电路，具象的

是抽象的人生

实战的，承兑

实况

不管出发的路

有多少，宽与窄的拉网

是什么，得和失的对峙

一正一负

一成一败

形影相随

你走到哪儿

就铺到哪儿

再复杂的局面

渐进的线索，终归于

你两条腿的桥接[1]

有多长

我所知道的金工实习

破题就是每个人

都有权利

去拒绝相信什么

谁清楚，该拒绝什么

谁就清楚

在追求什么

这个五光十色的世界

最朗朗上口的

就是生活欺骗了自己

最视而不见的

是自己在欺骗生活

草长莺飞

花开花落

一句欺骗，多么实用的字眼

1　电路、管道或网络的一种常用连接方式。

既能用来宽心

也能用来诱人

还能用来遮羞

可更能用来洗面

哪个欺骗

不是自己

把一早就有的倦意

生生带进入夜的梦乡

再等到梦醒时分

才发现自己

还是那个自己

而你，已不是

原来的你

生命，没有如果

生活，没有假如

本没什么

能欺骗你

只是因你

自己闭上了眼睛

每个人，都在把信写给春天

因为这里，是人间

倘若春天没有回信

请不要去责怨春天

那看似平静的日子

有人想躺平了梦花

有人想躺平了结果

但，能不能

长出芽来

唯有春天

睁着双眼

请珍爱，我们的双眼吧

该瞻前时必须瞻前

该顾后时必须顾后

只是不能

一只眼睛，顾后

一只眼睛，瞻前

你可以种下一万朵玫瑰

甚至可以把其中的

九千九百九十九朵

都拿出来送人

但必须挑一朵

留给自己

再加一杯酒

去撬开太阳和月亮

紧闭的唇

你还可以对着天空

挥舞你的想象

每挥舞一次

就要让天空

高出一寸

直到校园里的银杏

在广袤的天空下

黄得恨晚

而此刻的我们

终于可以

一只手，捂在胸口

另一只手

举过头顶

有人醉酒

有人醉梦

有人醉眼

有人醉风

而我们，只醉心

不管，是否有人会顾及

也不管是否有人

来喝彩

心的律动

只为并肩

爱的合唱

看到，很多事

听到，很多事

想到，很多事

都远远不如

明白一件事

做过一件事

因为清华

今天，人文日新[1]

明天，行胜于言

---

1 "人文日新"的匾额悬挂在清华大礼堂内。

09 西操场

West Sports Field

因为清华

与国同根，只有起点

与国同行，没有终点

清华西操场位于校园里的至善路上。日寇侵占华北时，清华学生曾从这里出发，奔赴长城抗日前线。"斯文的手，握着不屈的剑；悲壮的脚步，踏破起跑的线。"多年来，体育在清华一直备受重视，"为祖国健康工作五十年"已成清华的体育精神。我在校的那个年代，西操场是清华举办一年一度的"马约翰杯"校运会的地方，也是每天下午同学们锻炼身体、开展体育运动最为集中的地方。

一个可以把朝阳挂在脸上的地方
一个可以把夕阳系在腿上的地方

奔赴抗日前线

西操场上

男生和女生的距离

终结了，一个千年的魔咒

反倒是跑道显得

有些忌惮

霞光的根须

扎在跑道上

就算脚踩着的是天际

也能在刹那间击穿你

中枢麻木的外壳

除非你的脚步

有足够的轻

轻得，只有岁月

能听见

不管什么科目

向下的跟帖

只有先来后到之分

不再有男女之别

更没有，挂账

没有人问你，行不行
只有人问你，肯不肯

用跑道结成的同心圆
不必等到回首时刻
就已是，一片云烟
会死死封住你
空洞的声线

你要说什么，还真没人听
但你要做什么
看热闹的
和看门道的
都在旁边

没有人管你，想不想
只有人管你，敢不敢

争锋的楚河汉界
完全按人数的众寡
随机转换
没有棋子

但有棋局

满眼都是，想过河的卒

谁也别想捂住真颜

你就像上了弦的风筝

会在不知不觉中

被拉上了天

去鸟瞰自己的身骨

所在的参照系

和所在的坐标

是否，偏离了

有灵魂的膛线[1]

这里，较量的是

为祖国健康工作五十年[2]

可评判的标尺

却不是，时长

这里，呐喊的是

为中华之崛起而读书

---

1 又名来复线，其作用是使弹头在出膛之后仍能保持既定的方向。
2 清华大学老校长蒋南翔语，现为清华体育精神。

但估值的筹码

也不是，昨天

只有接力，没有赛点

让殷勤的归鸟

不知飞向

谁边

只是，那一路

都不会脱缰的快马

正在加鞭的奋蹄

早已被跑道勒出了

刻骨的血痕

看台

一年一年

空着，空出了亮点

谁也无法找到一句

合适的语言

能够放在上面

可以心安理得地与明天

平起平坐

跑道
一圈一圈
填满，填实了岁月

谁也不愿错过一次
自我的上传
以至于，把未来的远点
只留给别人
去承天撞线

西操场的曙华，是红色的
西操场的暮烟，是橙色的
西操场的夜永，是蓝色的
这么高纯的原色
只为生命添彩
不为出镜调光
我们日积月累锤成的
四个大字：相信未来
就是在这里
基准正色

又在这里

激发间色

我不止一次地走过西操场的秋凉

落叶把跑道编排得金黄金黄

像入学时学跳的集体舞[1]

大家一牵手

就是一个太阳

一放手，就是一个月亮

我和我身边的那位少女

一拉手，就是一团火花

一松手，就是一派曙光

晚风拂拂

灯语绻绻

哪有什么夜色

能逃脱我们青春的称重

曾几何时

救亡勤学的星火

从这里，引燃华北

1　作者当年入学时，曾和新同学们一起在西大操场的夜色里学跳集
　　体舞，男生和女生要相间站立，手牵手围成一个很大的圈。

燎原西南

"一二·九"的长啸

在这里，划破黑暗

冲开燕山

任凭凄雨骤，难阻艳阳天

清芳挺秀处，何患无少年

斯文的手，握着不屈的剑

悲壮的脚步，踏破起跑的线

身躯，填平长城的垛口[1]

生命，接受历史的检阅

色谱，属于这个民族

像素，属于这片土地

沧海与桑田的串接

星移与斗转的并联

虽有过千淘和万漉[2]

---

1 抗战时期，清华学生军全副武装从西操场奔赴长城喜峰口前线。

2 〔唐〕刘禹锡《浪淘沙·莫道谗言如浪深》："千淘万漉虽辛苦，吹
尽狂沙始到金。"

还只是一个乐章的前奏

每次排练都在定调

这里是，中国的清华

也只能是

　　——中国清华

一个多世纪过去

有过沉默的雨季

有过干枯的烽烟

但从没有磨损过

我们古老的文字

共和国的每一次集结号

清华和清华人

从未有过缺席

一部百余年的史册

总是，默默摊开

总在，静静翻页

下一个世纪的凝结

那最为高清的分辨

依然，莫过于

每当自我标榜的空喊

甚嚣尘上的时候

如果还有甘为祖国

于无声处的单词

不可能没有

TSINGHUA

云生山水间

自向山水去

心中一片月

垄上一片云

如果你，想每一天都过得充实

不见得要让别人知道

但不能不让

自己知道

因为清华

与国同根，只有起点

与国同行，没有终点

10 中秋节

Moon Festival

因为清华

可以跌倒

但，不能趴下

既然有人生的路，就会有人的跌倒。我们都曾离不开父母，我们都曾暗自落泪，可每个人终究要走出温室，终究要把身影贴近日出的方向。就像一个民族、一个国家，也会有泪，也会有伤，有过刻在石柱上的痛楚。可作为后人，就不能再次掉进石头的缝隙。作为一名清华学生，可以跌倒，但，不能趴下！这既是我走进清华的第一课，也是我走出清华的最后一课。

我们的思念，无法改变月亮的高度
却能让天空迅速变矮

圆明园的火色

深嵌在坍塌的废墟上

被风撕得

越来越碎

而我，被风干得

越来越瘦

入学后

第一个中秋的夜色 [1]

在点题的瓦砾上

层叠得坚硬无比

就像是搁在心尖上的

一张燃情海报

一直，都舍不得

张贴出去

那是，月亮的醉态

那是，月亮的留白

是夜的风

---

1 入学的第一个中秋节，是辅导员带着全班同学在圆明园西洋楼旁
   边的土坡上度过的。

柔柔地，从故乡吹来

又涩涩地

向故乡吹去

就这么一来二去地一吹

我的身体旋即成为

风的泪点

活生生的人

旋即成了

活生生的异客

秋叶，一片一片

乘风起舞

随风凋落

不声不响钻进了

开始枯萎的草丛

每一片的背后

都带着月光

不远处跃动的篝火

一听风就能听出

那是老生们的琴声

怎么听，怎么觉得

是在挑衅

再远处的湖面上

布满了细碎的银光

稍微有点风吹草动

就会变得越来越抢眼

又越来越扎眼

似乎，还有些

故乡的松涛

筹划已久的中秋联欢

也不知该轮到了谁

南腔北调的一起走板

重构了一次生命的约定

可以肯定的是

那一刻，风的寂尔

与水土无关

突然，一只猫头鹰

从一团漆黑中跃起

在夜空划出了一条

生命的渐开线 [1]

宿鸟的惊叫声

彻底刺破了

旷野的荒芜

风，也急促起来

联欢，又开始继续

"哦，那是一只白兰鸽

爱在那天空飞翔

哦，那是一只白兰鸽

遨游在丘岭山岗"

掌声收官之时

不远处的篝火

倏然，没有了

挑衅的口吻

至今，我仍清晰地记得

就是那堆篝火

去拉近的夜色

再去赶开夜色的

---

1 数学概念。

还是，那堆篝火

时间，是凝固了一下
但没有中断诉说
我猛然看清了
月光下的泪花
是一条河

既然圆明园的过往
已端端正正地钉在
西洋楼[1]的断垣上
那么，雕刻石柱的人
以及他们的后人
就不能再次掉进
石头的缝隙

而那个世纪的悲怆
也化作历史的尘埃
制版封神了一座
会怒喊，但不会

1　位于圆明园内的东北方向，1860 年被英法联军烧毁。

倒下的门

显然，没有哪一种
人间的思念
不是在和季节碰撞
而医治牙疼
最好的偏方
恰恰是，来有踪
去有影的季节

也许是春花太嫩
也许是夏风太狂
也许是秋雨太涩
也许是冬雪太凉
庆幸的是这个世界
还能剩下一个日子
留给了，只属于
人间的月亮

淹没了山高的意念
远去了天作的苍茫
温润了川流的夜恋

唤回了海纳的梦香

看上去物欲横流的尘世

最需要的一点抚慰

竟然只是要在心上

轻轻泼洒一层

薄薄的月霜

那个夜晚的月亮

是怎样，升起的

没有人

再说起

而那个夜晚的片刻沉寂

是怎样，结束的

却没人

会忘记

小河，静静流淌

校门，默默送往

从圆明园返回的时候

风，平静的容颜

越来越新

月光下的身影

慢慢，贴近了

日出的方向

是有人，能把气球

涂上各种颜色

放在空中

要风有风

要雨有雨

而我们，则必须

在地上暴走

每走出一个，指界的里程碑

就会留下一个，春天的地标

因此，泥土的腥味

将以诗歌的名义作证

只有那些永远躺在

泥坑里的人

才不会，再次

掉进坑里 [1]

天上的月亮
走得，是有些不是时候

心中的月亮
来得，却正值入梦时分

长河，从不会介意有过多少湾流
它对人间的诉求历来就是
一边在走
一边回头

因为清华
可以跌倒
但，不能趴下

1　源自黑格尔，德国哲学家。

11 五食堂

The Fifth Dining Hall

因为清华

不乏，酸甜苦辣的时候

也不乏，苦辣酸甜的时刻

清华学生的学习和生活，有苦，也有乐；有紧张，也有浪漫。在清华，老师经常会问："你是怎么看的？你是怎么想的？"可以说，如果你缺少自己的思考，很难做好一名清华学生。我们自己也会时常想：我是谁的下一个？谁又是我的下一个？如果谁缺少进取的精神，就请最好不要选择来做一名清华学生。换句话说，如果一个人没有进取精神，干什么都只能是望而却步。

　　时间，是最富有营养的土壤
　　既能滋生，也能催生

校园西区最大的五食堂

有忘饥的粉肠

有滕欢的饺子

有温情的鸡汤

只是没有一点

闲散的余地

就连碗里的那点空间

也要换成时间

五食堂里的军大衣 [1]

排资但不论辈

像不断升级的序列号

长，有长的度

短，有短的节

等待与等闲

都是深谙

清华一色

什么理由都没有

---

1 20 世纪 80 年代，清华男女生御寒的冬衣基本上都是军大衣。

每个人就那么臣服

我也实在是

无话可说

只是那些，连头

也不抬的师傅们

不停地喊着：下一个

才让仪式，多少显得

有些潦草

还有那错落有致的眼镜

鳞次但不栉比 [1]

像起伏不定的 K 线 [2]

高，有高的量

矮，有矮的数

认涨与认跌

都在暗示

一色清华

试问，真的可以

1　清华戴眼镜的同学很多，可谓别有风景。
2　反映股票成交走势的波动曲线。

这样暗示吗

不管怎么看

都是拉直了的时间

在这样一个风卷残云的地方

还能有谁，会去放过

近视饱腹的食粮

又能有谁

敢用竹篮打水

谁说只有躺在浴缸[1]里的热米饭

才知道拼命地喘着粗气

我，是谁的下一个

谁，又是我的下一个

就算在五食堂

也没有例外

周末的五食堂

伦巴、探戈、迪斯科

会按时舞起来

1　在 20 世纪 80 年代的清华，学生食堂的米饭是放在装有轮子的浴缸里售卖。

舞起来，香水的卤味

舞起来，饭菜的年味

而最终舞起来的

还是青春的辣味

我站在校园里的林荫道旁

向着暮色怯怯地张望

我知道我今晚的舞伴

正在匆忙赶来的路上

我想把你的长发盘起

我想凝视你月下的淡妆

我想听一听你的心跳

我想捧起你那羞红的脸庞

可我不明白你为什么

每一次都像风一样

总是让我来不及做好准备

以至于我的那点心思

一次又一次地变成幻想

我知道你是故意的

其实我也不想太张扬

如果一切还可以倒退

我只想退到你没来的时候

我在路边驻泊的地方

再好好听一回

你那轻盈的脚步

从小路的尽头开始

沙沙作响

你像风的时候少

可怜我是一个大风车

你像雨的时候多

可惜我又是一个漏斗

当我在等你的时候

等来的，都是月亮

而我在等月亮的时候

偏偏闯进来的

都是你

就像五食堂里的舞会

该来的，都来了

不该来的

一个都没来

那不熟悉的旋律

有着熟悉的脸庞

那不陌生的声音

有着陌生的口红

一座座，由矜持

把守的城堡

路演 [1]，青春的

自我攻陷

只有紧张起来的距离

没有紧张起来的空气

纵然人多得

只能分清你我

如果再分

就是累赘

被冷落的军大衣

就像卸了装的面具

抛在一边。堆成了

周末特有的象牙塔 [2]

_____

1 国际上广泛采用的证券发行推广方式，指证券发行商发行证券前
   针对机构投资者进行现场模拟认购的对接活动。
2 出自《圣经·旧约·雅歌》。

一道又一道

青涩的等高线 [1]

一个挨着一个

约会，我们的青春

一周，只穿一次的西装

布满了霓虹的唇印

像那时我们

生活的补丁

尽管，简陋的舞会

还只属于少数人

上演青春的走台 [2]

可打造的岁月名片

却属于

每个人

那是，一个云霞

丰腴的年代

1　地形图上高程相等的相邻各点所连成的闭合曲线。
2　服装模特在 T 形台上展示时装的一种专业说法。

开启一瓶汽水 [1]

就能开启

一个爱情

那是，一个烟雨

绝版的日子

打开一张照片

就能打开

一个回忆

不管岁月，留下了

怎样的空缺

只要轻轻甩一下头

就能，立即

拓扑 [2] 上

怎样的尺寸

有人说，青春是没有经验和任性的 [3]

谁愿说，就尽管说吧

1　当时的学生食堂里，只有酸奶和北冰洋汽水两种饮料。一瓶汽水
　　需要三张晚餐券，对作者来说，喝瓶汽水尚属奢侈。

2　数学概念。

3　语出泰戈尔，印度著名诗人。

横竖我把一只蹩脚的小鸭

画在了荷峦花谷的春水中

品尽馥郁

透香冷暖

纵有风清孤明月

今犹即景五食堂

回眸灯黄梳杨柳

坐看韶华引流觞

拦路的石头，推上了山

心中的石头，就落了地

因为清华

不乏，酸甜苦辣的时候

也不乏，苦辣酸甜的时刻

12 浴室

Bathroom

因为清华

洗礼一次

成长一回

在清华读书时，每个学期一开学，每人都会领到很厚很厚的一沓澡票。这既是清华得天独厚的资源禀赋，也是我们最为得意的"无价证券"。如果说清华除了老师多、学生多，还有一多的话，恐怕就是澡票多。谢谢清华，我们三点一线；谢谢浴室，我们三位一体，可以让我们洗净肩膀、洗净心房、洗净胸膛。只有这样，才有洗礼；也只有这样，才能成长。

只有自己活出来的色彩
才是洗不掉的

一号楼外浴室[1]的门前

有一条，洒满

自行车铃声的

心路

无论春夏

路的这端，连着

宿舍和食堂的

喷薄日出

不管秋冬

路的那端，通向

教室和操场的

惊鸿日落

这条路离校门口不远

我整整走了五年[2]

男浴在东边

1　一号楼前的浴室被称为西浴室，除此之外，校园东区还有一个更
　　大的浴室。
2　清华当时的本科学制是五年。

歌声，每天

都会准时响起

也不管西边的沉默

试图解开

爱的谜面

虽无灯光

却有阳光

女浴在西边

沉默，每天

也不会滞后

毫不理会东边的歌声

稳稳握着

爱的谜底

虽然无声

却胜有声

当歌声不再的时候

一定是，到了

晚自习的时间

吻合的，不需要

用钟声来校验

可那并不是在简单地附和

一寸光阴一寸金的民谚

而是在务实地

要用一寸光阴

溢价[1]兑换

一寸金

这条路离校门口太远

我匆匆走了五年

玉树海棠，一段忘情的日子

紫荆[2]风荷[3]，一个多情的季节

少年的轻狂

总是有山

挡住退路

1　证券市场术语。
2　紫荆，清华大学校花。
3　风荷，指清华荷塘的荷花。

成长的垂范
总会有山
拦住去路

一条，是迷路
一条，是邮路
都是我们自己
用一座一座
山
阻挡出来的

泰戈尔说：使人疲惫的
不是远方的高山
而是鞋子里的
一粒沙子

宿舍、实验室、图书馆
三点一线
走进浴室
向明天，回车

书包、跑鞋、自行车

三位一体

走出浴室

朝再来，重启

我们低下

抬起的头

不是因为

泡沫，在脚下

正如我们抬起

低下的头

也不是因为

黑板，在前方

如果只是看着别人来洗

肯定会很简单

若要去洗别人

也会很简单

但要想，自己

洗干净自己

并不简单

那看似密而不疏的喷洒

阳光，深在其中

露水般落下的晶华

弥漫催熟的过热蒸汽[1]

冷眼观复这个

赤裸真实的世界

全息[2]出来的影像

还只是一头一头

沉默的牛犊

回家，要洗净肩膀

约会，要洗净心房

毕业，要洗净胸腔

直到今天，我仍习惯

要把醍醐灌顶的凌厉

悬在头上

1　热力学概念。饱和蒸汽在干饱和之后继续升温形成的蒸汽。

2　指一种记录被摄物体反射波的振幅和位相等全部信息的新型摄影
　　技术。

一盆水，圈定一个井口

一滴水，折射一个世界

有人耿耿卑微

一盆水的江湖

天天沾沾自喜

人间天高蛙先知

时时被人审判

不用裁决

路人皆知

有人孜孜以求

一滴水的境界

时时谦谦自封

主宰自己的王子

天天被人定案

无须公示

世人尽知

每一个人，都有理由

去放手选择一张澡票

该如何回收

该怎样入账

请接收岁月的洗礼
那就是我们的成长
最真实无欺的履历
有多少惊蛰的觉醒
就有多少凌云之翼

请接收风雨的洗礼
那就是我们的成长
最坚实无悔的苦旅
有多少立春的脚印
就有多少登天之梯

请接收生命的洗礼
那就是我们的成长
最朴实无华的希冀
有多少芒种的汗水
就有多少筑梦之基

流年，是多少年
大可不必知道

小荷要露尖尖角[1]

是多少年

则

必须知道

岁月，就是一盏走马的灯

走的，是马

转的，是人

因为清华

洗礼一次

成长一回

---

1 〔南宋〕杨万里《小池》："小荷才露尖尖角，早有蜻蜓立上头。"

13 烙印

Imprint

因为清华

一个烙印

背书一生

"天行健，君子以自强不息；地势坤，君子以厚德载物。"自梁启超先生1914年在清华演讲后，"自强不息，厚德载物"成为清华校训，也是众多清华学子心中的清华情怀。在人们的眼中，吾校庄严，巍然中央，的确很大。可这一切只不过是一个轮廓，一个镜像。到目前为止，我能留给清华的，还只是花名册上那一个六位数的学号。聊以自慰的是"自强"两个字，因为清华，一个烙印，背书一生。

　　天空，我们嵌入什么样的心情
　　就会有什么样的颜色

入学时

想家，偷偷哭了

清华

笑了

失恋时

沮丧，暗暗哭了

清华

又笑了

毕业时

不舍，默默哭了

清华

还是笑了

又当我对强者低头时

我干脆

放声大哭

清华

却，没有了

笑

结果。我

哭一次

只是

体重

减轻

一次

再当我向弱者昂首时

这一次，我终于

笑了

而清华

更没了

笑

我愕然发现

清华

其实很小

小得，只能装下

两个字

　　——自强

既然，每个人

向人间报到的第一声

都是啼哭

那就请不要

错过流泪

更何况，成长的泪

还是甜的

西山苍苍

东海茫茫

吾校庄严

巍然中央 [1]

风物，承载故事

风姿，经纶万象

风采，合璧文理

风范，贯通古今

主楼

囊括了，世上的

点、线、面、体

1　清华大学校歌。

列装了递进的
有序数列

图书馆
装满了，人间的
春、夏、秋、冬
排好了冲天的
横空雁阵

脚下的跑道
延伸出的地势坤
长得，能从现在
一直跑进未来

可这些我从别人眼中
看到的清华
又大得，什么
也带不走

能带走的
依然，还是
那两个字

——自强

亲爱的母校

请您原谅我

对您的考语

因为我平庸的履历

还只配填上

籍贯：清华

学历：自强

或许正因为如此

我不得不虔诚地

去签收，每一封

没有邮戳的信函

把湿漉漉的文字

一个一个

阴干

晾干

晒干

用小小的我

面朝高山

分离出另一个

小小的我

去肃然面对

连接未来的

电话忙音

凡光明的路

没有句号

裸露的心

只能与日同温

以确保每一次起跳

都是一次

造血运动

很多纷繁杂乱的时候

卷走我们一夜忧郁的

往往不是，如泼的月光

也不是，如洗的星河

可能只是一滴

很不经意的夜露

人生，就是你

要大胆地假设

再小心地求证 [1]

并俯下身去

拱起一座桥

一头连着哭

一头连着笑

用你的筋骨

承载，一切过往

任何能留在眼底的触发

肯定是经过自己的眼睛

小孔 [2] 聚过焦的成像

百闻不如一见

眼睛，无疑是

最值得信任的

一切能冲破眼眶的接驳

必定是通过自己的眼球

小孔放过大的反像

熟视才能无睹

1　语出胡适："大胆地假设，小心地求证。"
2　光学原理。

眼球，显然是

最容易被骗的

看清了的道理

是在眼里

远近高低各不同

翘然了却

管中窥豹

略见一斑

看错了的理由

都在眼前

横看成岭侧成峰 [1]

必然等同

一叶障目

不见泰山

谁把眼球，给了什么样的世界

世界就把什么样的眼睛留给谁

---

1 〔北宋〕苏轼《题西林壁》："横看成岭侧成峰，远近高低各不同。"

而我，无怨无悔
把眼球
给了
清华

从此，我那秀朗的眼镜
就架在了观澜的 C 位上
火控住时光的靶心

不管，岁月会隐匿
怎样的断层

也不管，生命会上演
怎样的轮回

总有那么一个印记
是盘踞在心头的
一条小路
不慌不忙
不藏不掖
趁势而上
沿着生命的毛细血管

来沾清眉宇之间浇愁的法兰

人生，有一场孤寂的心雨
就能除却一路孤寒的云天

他山之石，只能拿来攻玉
最好的老师
莫过于自己

问渠那得清如许
为有源头活水来 [1]

以灵魂作导游，就会自动巡航

因为清华
一个烙印
背书一生

---

1 〔南宋〕朱熹《观书有感二首》："问渠那得清如许，为有源头活水
来。"

14 学生会

Student Union

因为清华

一声老师，没有保留

回答的，也没有保留

"师者，所以传道授业解惑也"是中华民族灿烂了几千年的师道文明。清华之所以是我们心中的一方净土，最重要的就是因为在清华，我们能切身感受到师生之间的那种朗朗清风。可以说，一声老师，叫的人，没有保留；回答的人，也没有保留。在清华，还有一种可以把往事外化于一种经历、内化于一个收获的神秘，更是平添了这一方净土的神奇。

一个冬天的孤独

是为了，一个春天的唤醒

宿舍的灯光
是一天之中
只争朝夕的
日色玑珠

熄灯的时间
心驰日出
盘亏的，是光阴
有多少

学生会的灯光
是一天之外
见缝插针的
夜色流连

熄灯的时间
夜话日落
盘盈的，是余晖
有多长

日出，总在厚待等候
日落，从不亏待守候

两种灯光都在照亮

会开花的人

和会开花的季节

低头，只有剪影

抬头，没有花样

可我很乐意用这种

交替的计量

数一数日落

算一算日出

一天的札记

只需，一页日历

一页日历

一份档案

五年的纪实

只用，一个封面

一个封面

一幅画卷

1986 年的冬夜

一场突如其来的风波

乍然中，我的季节

只剩下了冬至

我那断了桨的小舟

银白、苍白且灰白

沉沉搁浅在

冰窖的港湾

人，越熬越冷

心，越冷越熬

量子物理、期末考试

回家的火车票

所剩无几的餐券

和一只呆呆的碗

脚步，在熵增[1]

季节，在熵减

从宿舍，到学生会

再从学生会到宿舍

1　孤立热力学系统总是趋向于熵增，最终达到熵的最大状态，也就
　　是系统的最混乱无序状态。

不管我怎样努力

相信下一个脚印

已经与校历¹错位的我

还是被时间分解得

一穷

二白

谁，越是想粉饰自己

谁就越会成为别人的风景

我跌跌撞撞走进

斜阳下的工字厅

慈祥而又严肃的老师

为我讲述自己的过往

就像在轻轻讲述

她的，大学时光

她那哑然弹射起来的身影

竟然没有折射出一点阴影

只是在我的眼前

1　清华每学期的教学计划安排及假期的日程安排。

一晃而过
眼底的成像
就越来越大

往事，在笑容中
经历，在笑纹间

从工字厅出来时
我忍不住凝眸
庭前寒风里凋敝的玉兰
那没有一片叶子的枝头
正兴奋地摇曳着
这个冬天
最亮的光

根脉，已在庆生
飘零的，只是落叶

考上清华的
肯定，都是考上的
如果还有孤独的话
那不过是一个

人的

孤独

不是考上的

未必，都能考上

一旦孤独起来

就将是一个

社会的

孤独

很多事，乍一看

我们需要的

好像是机遇

而打开一看

我们需要的

可能是环境

为了给机遇走门子

总会有一地的鸡毛

要撒在世界的窗外

却没有一根

是替环境递上去的条子

对此，我很得意

因为工字厅

从不收门票

那里有的是风雨和风霜

风云和风光

无疑都是清华的一部分

但真的，不是一个景点

一百个往事

一百个曾经

一百个回忆

一百个谈资

一个往事

一个经历

一个记忆

一个收获

我的小舟，又开始荡起了双桨……

谁，不先看清自己

就来面对自己

抢在身价前的

生物钟，只能是

嘀嘀嗒嗒

嘀嘀嗒嗒

把你的那点隐私

不顾颜面的劝阻

举报在脉搏上

敲得山响

你自己不想听到

别人，也不想听到

谁，若先看清自己

再来面对自己

躲在心跳后的

晴雨表，就会

嘀嗒、嘀嗒

嘀嗒、嘀嗒

你自己会听到

别人，也会听到

我不再躺在床上

遮遮掩掩地计算季节的底部

什么小雪和大雪

什么小寒和大寒

除了可以把臆断的

紫荆花期，写在

行将撕掉的日历上

别无他用

时间的刻度，又有了光泽

时间的进度，又有了光阴

可不管时钟的指针

怎样欢快地围住我

打着圈儿模仿时间

我，还是给它们

放了寒假

据说唐朝时就有人认为

黑云压城城欲摧 [1]

是一种灾难

我不禁想起那瘦小的海燕

---

1 〔唐〕李贺《雁门太守行》："黑云压城城欲摧，甲光向日金鳞开。"

在风暴中贴着海面

鸣叫着

翻滚着

搏击着

或许黑云

不落下来

那才是，一种灾难

再纯净的雨，也是乌云的产物

我真想，对着天空喊

那校河冰冻开裂的阵痛

那白杨冰挂开融的泪滴

那荷塘冰晶开封的萌动

有谁能替我解密

我是以怎样的心情

在告别冬天

嘲笑你的人，站在对面

怜悯你的人，躲在背后

关爱你的人，守在身边

长空自有长风在

心锁还须心药开

因为清华

一声老师，没有保留

回答的，也没有保留

15 献血

Blood Donation

因为清华

载物，或有差别

厚德，断无区别

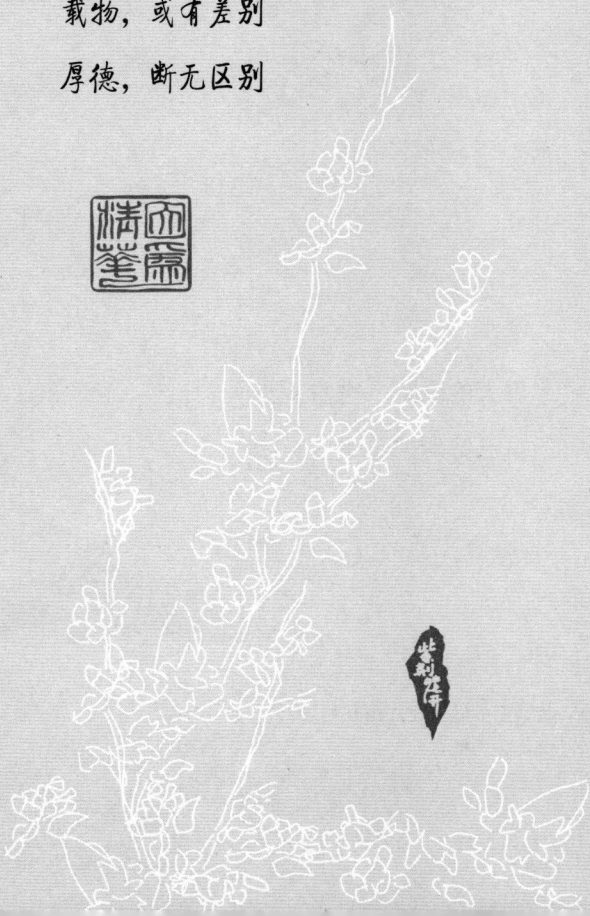

在清华时，每年学校要按年级组织一次义务献血，同学们都非常踊跃。可以说，只有献血的队伍，才是我在清华见到过的最长的队伍。一时间，献血的"特权"大行其道，甚至每个班都会有老师把家里的煤气罐搬进学生宿舍，以满足大家用献血补贴自办的饕餮盛宴，让没献血的同学陡生诸多说不出的遗憾。可一切不过是，对于载物的离散性[1]，或有差别；但对于厚德的期望值[2]，清华，断无区别。

再大的眼睛，也看不见

自己脑后的不平

---

1 离散量的结构及其相互关系。
2 统计学的概念。

那年，冬日的校河旁

静候献血的人

竟然，像一支

负有使命的队伍

长得，跨过了季节

正在守望

去给陌生的生命

挺身把脉

自行驱动的前轮

已跨进了春天

而跟进的备胎

还冻结在零点以下

然胎压，却足以

爆破零点

同一空间

同一时间

同一步调

同一方向

把一个冬天的复活

完全按照 DNA 的解码

投注。每个人都提前

在自己滚烫的血管上

摁上了手印

寒风，不会给树梢

留下一片枯叶

谁也别指望

能把预设的童话

写在树梢上

去高人一头

可以肯定的是

明年的这个季节

一定还会有人

孤苦得，像我一样

被无情地排除在

北方以北。简直是

春风不度化验关[1]

一路相识无故人[2]

---

1 〔唐〕王之涣《凉州词》："羌笛何须怨杨柳，春风不度玉门关。"

2 〔唐〕王维《送元二使安西》："劝君更尽一杯酒，西出阳关无故人。"

校河，静静地

冰封着我的麦城 [1]

和一个冬天的筑城

难道真的是

与世无争么

一只黝黑的乌鸦

掠过，我的身边

霍然飞向远方

那远去的轻细划痕

在天空下凸显的

形只，影单

寒风，呼啸的声音

像是在送别

又像是要安抚

另一个真正的

形只，影单

食堂，为献血开小灶

1　地名，在湖北当阳境内，相传三国时期关羽失荆州，败走麦城。

浴室，为献血设专场
老师，为献血停授课

没献血的，当让则让
献过血的，得让亦让

谁，让所能让的越多
心，能装下的就越多

宿舍间的欢声笑语
沿着一条经线
从头向脚
开始直播

而我的身体几乎同时
任由一条纬线
由外向里
黯然紧缩

包袱，一旦背在了身上
就会压在心上
只能越背

越重

我能为自己所做的
就是一人待在教室里
合上书、关上窗
让坚挺鲜亮的一面
朝着外边
为自己布下一个
没有人光顾的局

人，只要有一根神经是刺痛的
就会不断地渴求
要去构成一个
新的平衡

孤独没有证据 [1]
却瞒不住爱透风的墙
转眼之间
大家反过来让着我
就好像我献的血

---

1 语出莫里斯·布朗肖，法国作家、思想家。

比他们献的都多

不管我怎样地若无其事
总有一双眼睛
是，躲不掉的
我只得暗自祈祷
最好能有一次献血
只有我
一个人

一时间，温厚的茧
去掉一层
又一层

这哪里是在献血
这分明是我们一起
跳进了同一条河
有人洄游
有人重游
每个人，都躲在浪花里
向外张望

结果，还没有挨过换季的窗口期

校园里自行车的铃声

又骤然作响

晚归的脚步

反多了，报晓的颤音

献过血的，忘了春天要来

没献血的，忘了冬天还在

煤气罐，也搬出了宿舍

几天的锅碗瓢盆交响曲

连同我的诗

戛然而止

谁也不用

再去让谁

谁，若再让

那就只能是

跳出山界外

莫在此山中

心，只要是明亮的

什么时候

都是

一面

镜子

压力，只有扛在了肩上

才会落在脚上

并且越扛

越轻

我们，每造一滴血

就会给明天

多送去一份

希望

我们，每献一滴血

就能给生命

多送去一份

希望

可有人

流尽了，最后一滴血

为我们送来

全部的

希望

怎能不去，分享血热

怎能不去，读懂血性

每一滴血，都是一个

小小的心结

很快，血性的诗

与血热的歌

那浓于水的词句

透着血红

成了诗歌

落款的署名

都是：血红

血红

一个人，如果不是

真正有道德

也就不可能

真正有智慧 [1]

我们赶往沙滩，是为了留下一点脚印
海浪扑向沙滩，是为了带走一片脚印

因为清华
载物，或有差别
厚德，断无区别

1　语出雪莱，英国浪漫主义诗人。

16 大师

The Masters

因为清华

没有，大师的背影

只有，学生的行囊

清华老校长梅贻琦先生曾言："所谓大学者，非谓有大楼之谓也，有大师之谓也。"与其说是在评判一所大学，不如说是在启迪一个学生。于是，我们选择走进清华，走近大师；走近大师，走进世界。人生最难的其实就是选择，当我们的选择是想成为大师时，殊不知大师的选择是想当好一名学生。这并不是什么梵语，也不是什么轮回，更不仅仅是对人生真谛不同阶段的自我感悟。

选择跟着地球去流浪

自然就会，一路星光

早期的清华

确实，没有一栋大楼

只有能刚好放下

一张书桌的平台

一个，启蒙童话

一个，通俗神话

可就是，从那时起

······

学生想的是，如何成为一名大师

大师想的是，怎样当好一名学生

现在的清华

依旧，没有一栋大楼

只有能建瓴的高屋

从一个看齐的角度

逼近苍穹之昴

按照北京时间的顺序

排列在共和国的肩上

与肩同宽

而拱卫的情感四至 [1]
早已不再是
刚出生时的
苦涩胎记 [2]

在校园中心交汇的要津
是一个，九百六十万
平方公里分之一的夜
由东往西，星垂平野阔 [3]
由西往东，清泉石上流 [4]
由南往北，好雨知时节 [5]
由北往南，明月共潮生 [6]

自行车，穿梭的铃声
抢着在这里注册

1　土地规划术语，指东、南、西、北四至。
2　指清政府设立的清华留美预备学校。
3　〔唐〕杜甫《旅夜书怀》："星垂平野阔，月涌大江流。"
4　〔唐〕王维《山居秋暝》："明月松间照，清泉石上流。"
5　〔唐〕杜甫《春夜喜雨》："好雨知时节，当春乃发生。"
6　〔唐〕张若虚《春江花月夜》："春江潮水连海平，海上明月共潮生。"

哪里有什么

枯藤、老树

和昏鸦[1]

而那越是有着素面的轮辐

就越会被这里的路灯

漫射得，一闪一闪

虽说就那么一丁点儿的光亮

可怎见得就不是

一点星光

霎时，我恍然大悟

有那么多的灰烬与火星

摆脱了蜡炬的纠缠

向着混沌泼撒

这里，又怎么可能

沦为密集的黑夜

我无意间触及此地此处

一个创世纪的隐秘

1　〔元〕马致远《天净沙·秋思》："枯藤老树昏鸦，小桥流水人家，
　　古道西风瘦马。"

那就是：朝为粉笔暮成雪

居然，是大师

早就构造好的

时间形体

和审美范式

要喧哗的，终究会喧哗[1]

是沉默的，依然要沉默

梁思成[2]笔下的国徽

围合出了一个家的轮廓

壮丽，生动

共和国的庄严

无垠，浑厚

中国人的尊严

上面的，天地日月星

里面的，金木水火土

一家子的人

面向世界

---

1 英国诗人雪莱："浅水是喧哗的，深水是沉默的。"
2 清华大学教授梁思成主持设计了中华人民共和国的国徽。

都在主张

让我们，每一次的呼吸
有人聆听
有人逊听

让我们，每一刻的历史
不再迷失
不再缺失

钱学森的弹道方程[1]
更是让一个民族
郑重宣告世界
心照的回归线
有了人的高度
和爱的角度

大地，还没有愈合的伤口
终于有了一点平和的看相

从此，地球的自转

---

1 以中国科学家命名的导弹弹道技术，应用于导弹工程。

回到了最初的始点

很难再找到

浪费生命的

牵强理由

没有大师，只有大楼

有了大师，才有大厦

果然，大学者

非谓有大楼之谓也

乃有大师之谓也

成了中国方言

虽被时间

磨耗得薄如蝉翼

依然在高楼林立的缝隙中

顽强传播

直到

今天

一滴油

纵令在降落中燃烧

也要把火焰

留在身后 [1]

要不然，我拿什么

去昆明湖

告慰王国维 [2]

告慰明天

沐春风

披夏雨

摘秋云

采冬雪

大师，是一盏灯

大师，是一把火

天空，并不需要知道

鸟，是追随者

风，也不需要知道

---

1 油滴燃烧着坠落时，火焰会产生拖尾现象，燃烧学称之为降落伞火焰。

2 清华四大国学大师之一，1927 年自沉昆明湖。

云，是追随者

如果你，真的想看到清华
那就走得，越近越好

如果你，只是想听到清华
那就站得，越远越好

走进清华，走近大师
走近大师，走进世界

为有长风真清色
不辞人间第一流

因为清华
没有，大师的背影
只有，学生的行囊

17 去北大

Go to Peking University

因为清华

你可以尽情地去体验未知

却不能潇洒地去复制答案

清华和北大两校之间的渊源可谓由来已久，两校之间的情愫和佳话更是在清华学生和北大学生之间不断地延续和更新。清华学生和北大学生之间似乎总有一种什么东西，谁也说不清，谁也道不明。反正在清华，不能不去一次北大，就像在北大，也不能不去一次清华。或许是这个世界有太多的未知，需要我们尽情地去体验，但你永远不能潇洒地去复制答案。

星星，之所以相惜星星
是因为它们都懂得遥望

日子，是一堵墙

岁月，是一片天

你发个誓

我发个誓

构成的拒绝

就是平地上的

一道鸿沟

你喊一声

我喊一声

解冻的距离

能让两座山峰

绑在一起

从清华北大

一路向西

说到底，是西南联大

那烽火寂然的墙

庭院深深

疏影清浅

岁月，把字签在了墙上

从西南联大
一路向东
走过来，是北大清华

那焕然对开的门
谁是谁的隔壁
谁就是，谁的后花园

月敛波，烟笼纱
风卷帘，花争春
青青的小草
高高的树梢
眺望星空，无边无际
谁还会留意
西大饭厅和大饭厅[1]
是孪生的
三角地[2]，始终有一种形态
气象台[3]，始终是一种状态

---

1 西大饭厅在清华，大饭厅在北大，即北京大学百周年纪念讲堂。
2 三角地指北大原学三和学四食堂前面的三角地带。
3 清华早期建筑，在清华园的西部。

一起构造了

同一座高峰上

一个不能错过的姻缘

新人的眼里

既各美其美

又美人之美[1]

清华，坚定如山

月明为求同

何惧

独上

高楼

北大，宽宏似海

博雅[2]而存异

岂能

止步

未名[3]

1　当代社会学家、人类学家费孝通："各美其美，美人之美，美美与
　　共，天下大同。"
2　北大博雅塔。
3　北大未名湖。

在清华，没有通宵教室

争睹日出

淘换落霞

在北大，有通宵教室

挽留落霞

碧接日出

日出，迸发向上

落霞，铭记再来

天和地，一直在煽情

而我们，也一直在听

因此，清华的机房里 [1]

有北大学生

惊异月色的清幽

指控编程的文字

1　当年清华的计算机设备在高校中首屈一指，上机要凭计算机票。
　　清华每学期也会分配一些计算机票给北大相关专业的学生来清华
　　上机。

曲解月钩

曲解星汉

北大的通宵教室里

也有清华学生

谛听新文化的雷声

推演湖光塔影

图解夜幕

图解足迹

在清华，不能不去一次北大

在北大，不能不去一次清华

我终于忍不住跑到北大

发誓要当一回

最初的自己

一直蹲守到和启明星

一起坠入未名湖

划出了，一条

自以为耦合

向日的射线

好在清华，一个

失语的白天

都被春融捧起

才让我，幸免于

被自己撕裂

还是，荷塘[1] 里

那带着蛙声的月光

触碰到身体最柔软的地方

某个世界的那点波痕

才开始在心中

徐徐，摊开了一张

还是空着的底牌

狂热一下

为了体验

调侃的

只是时光

照例，躺下的

是生活

1　清华荷塘。

体验一下

为了狂热

灼伤的

却是岁月

复古，跪下的

是人生

后来，我还真的去了北大[1]

北大的诗

是文字的擂台

抑扬顿挫

攻守自如

清华的诗

是笔画的战阵

拉压弯扭[2]

游刃有余

---

1 指作者清华本科毕业后去北大读研。
2 材料力学的四个经典实验。

很显然，只要人生

是富有诗意的

生活最不需要的

恐怕就是诗人

忙着来站台

时间的河流

终归有一条

是牵着季节流失的

只要你尽情跋涉过

就能坦然塔吊起岁月

那平滑的部分

所以不必，暗恋于荷塘

也不必，狂热于学堂

一切，都是风

一切，都是雨

不管有多少

未名的遗梦

都将吹洒在

博雅的长廊

而我只想，趁我还没有老去

请带走我心中的涟漪

我有一身的青春记忆

都在无声的月色里

多少个长长的傍晚

在那长长的霞光里

我蹲在一个清清的湖边

无所事事

无所希冀

拨弄着湖边的小草

摆放着零星的小花

直到，编辑出

一个笑脸

浅浅的，像你

思念的影子，有多长

可以用身形去掂量

岁月的影子，有多长

只能用脚步来估量

我爱清华，我爱北大
如果是单靠相思
肯定撑不到今天

一个人，会有一个人的气质
一所学校，也会有一所学校的气质

因为清华
你可以尽情地去体验未知
却不能潇洒地去复制答案

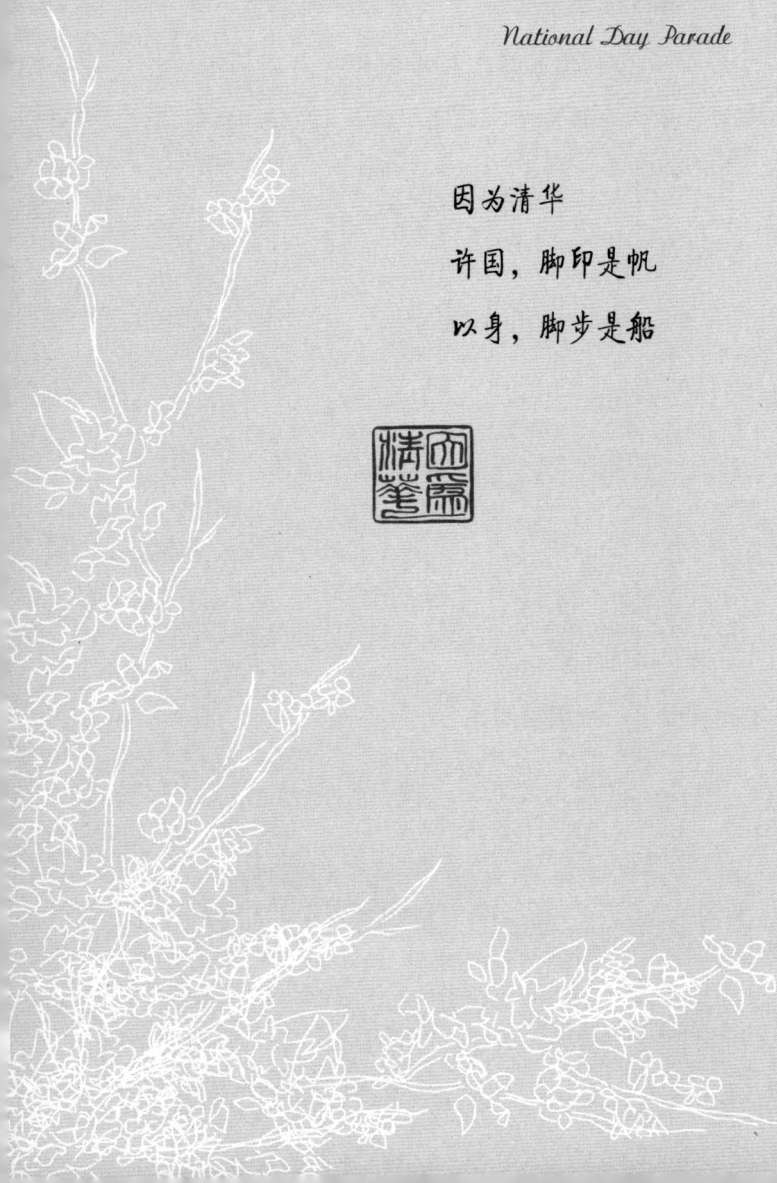

18 国庆游行

National Day Parade

因为清华

许国，脚印是帆

以身，脚步是船

在中华人民共和国成立 35 周年的国庆庆典上，清华学生承担了国徽礼仪方阵和华山抢险群众游行方阵的任务。作者有幸参加了群众游行方阵，亲身感受了那"不是天在走，而是梦在前；也不是地在动，而是心在喊"的震撼。与国同根，与国同行，无数先辈以身许国的脚印，就是留给我们今天的帆，而我们自己的脚步，就是以身前行的船。

只有共和国的华灯

才能从根上，把黑暗照亮

1949-1984

烈日下的东操场上

准备参加国庆三十五周年

游行的同学们

正在紧张地演练

一个巨人的步履

一步，春天的解语

一步，大海的绝响

每一步，俨然

就是一次出征

连同夕照的那端

也要一并翻转到

巨人的脚下

站在巨人的肩上

我们可以看见

天安门上的太阳

升起在了

不落的地方

眼睫上的尘土

是那个夏天

最唯美的羽林

太阳，蒸腾得越多

太阳鸟的图腾

就越高

每个人的眼底

收到的潮汐

还远远大于

同声传译的

酒歌与祝福

胸前的，一束花

心中的，一火海

一路走来

一路盛开

白云飘飘，校河弯弯

系旗猎猎[1]，长天蓝蓝

国风煦煦，飞花翩翩

玉树莳莳，林语连连

天安门啊

1　清华大学每个系都有一面系旗。

我该怎样走过

应声植入了

自我正传的序言

每一次集训

都是一次

打靶归来

昨天，还是一群无忧无虑的人

今天，已是一个有声有色的阵

共和国，选择我们

把满目沉疴的山河

分部，谱写成了

一首长诗

而我们，选择共和国

要把荡气回肠的长诗

和弦，唱响为

一首长歌

国庆前夜的东单

路灯虚构起来的夜幔

早早收起了

一天的喧嚣

也早早收拢了

还有些青涩的

低吟和浅唱

在共和国的宽广渡口

整装待发的长龙

每个人低矮得

像夜空里高高惺忪的星星

一份微弱的光

誓把次日的十点

束射成一个世界

最高光的时刻

秋夜，越远越浓

秋风，越近越亲

从一个人的晨曦中醒来

向所有人的晨曦走去

走过长安

走向天安

走近，那一张张
属于自己的笑靥

我们，走进一个世界
我们，走出一个世界

国旗，是这片土地的色泽
国徽，是这片土地的围墙
国歌，是这片土地的节拍

共和国，行进在
没有脚印的路上
敢问，路在何方
日月邀神州
山川自昆仑
脚下，一条路
在变宽

而我们，行进在
前人的脚印上
荟萃三十五年的凝神
去跨越，离每个中国人

都是最近的距离

身后，一道辙

在生根

一瞬间的聚焦

是所有人的目光

共同签收白鸽送来的高贵

链接成与未来齐飞的天际线

把世界压迫得

也倾斜过来

一双眼睛

一瞬间的回放

是春天的故事

披云戴霞

乘风逐日

把故事的名字

刻在丰碑上

写满了这一天的

天

不是，天在走

而是，梦在前

长缨在手

成竹在胸

也不是，地在动

而是，心在喊

后浪在后

前浪在前

一个个身影

一面面旗帜

一支支队伍

一道道景象

场面，无论你怎样拆分

都是洪流的一部分

因为深爱大海

世上有了江河

因为深爱花朵

人间有了丰硕

因为深爱天空

群山有了巍峨

因为深爱大地

日月有了脉搏

因为深爱祖国

脚步有了着落

钟声如诉

鼓声如歌

每一番，逐浪的奔流

每一片，怒野的绽放

每一声，赶山的呼唤

每一个，排云的昂首

每一次，顶风的挺胸

都怀着同样的底气

从天安门前走过

走过，我的祖国

青黛的峰岭

隐约的村落

不竭的沧海

无尽的桑田

如果没有祖国作为底色

就没有了，人间的成色

毋庸置疑，祖国有我
毋庸置疑，我有祖国
毋庸置疑，打破了
能量的守恒

因为清华
许国，脚印是帆
以身，脚步是船

19 二校门

The Old Gate

因为清华

收获，一个季节

不息，一个人生

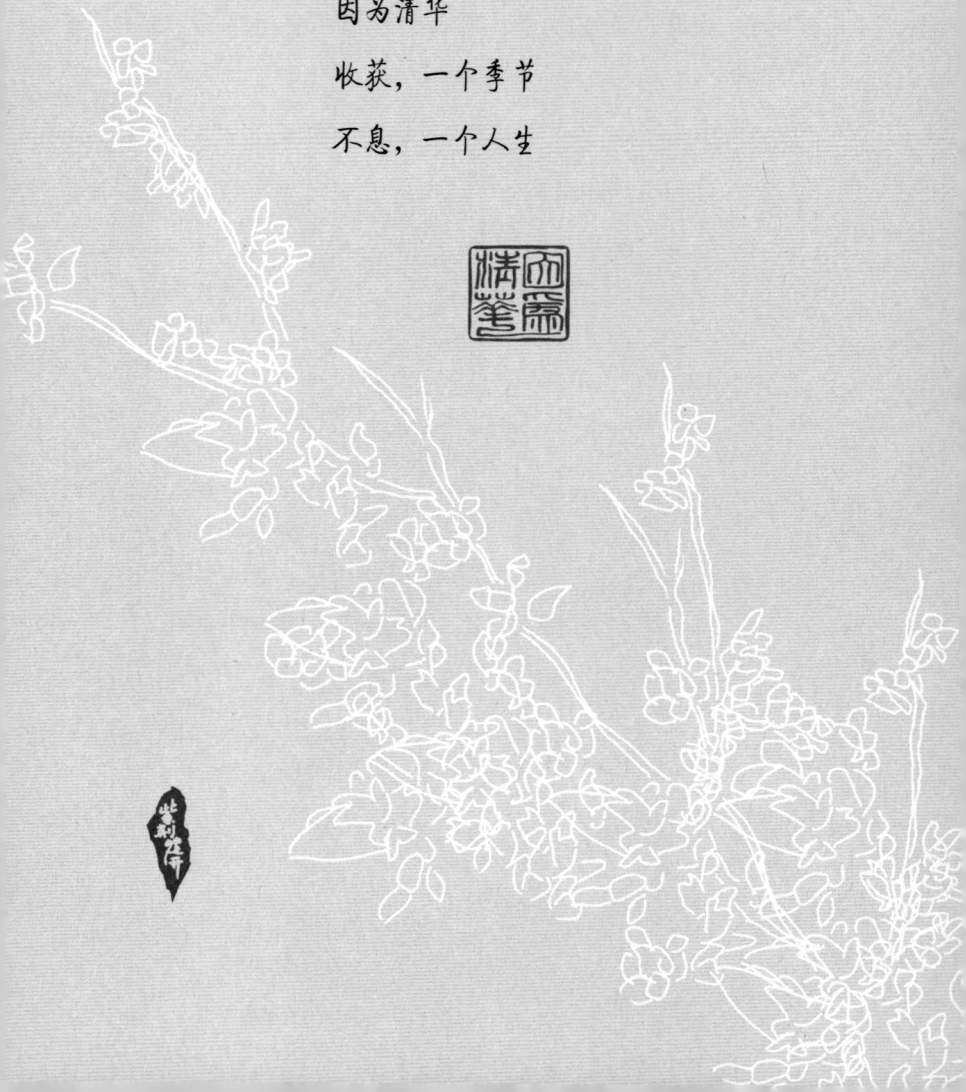

二校门是清华早期的校门，后因清华校园扩大而位于校园内，故称为"二校门"。二校门是白色的，就像一张白纸，让我们可以尽情地去为明天上色。二校门又白得有高度、有宽度、有深度，让我们的生活最不缺位的就是诗意和留白。以至于今天的二校门，已然成为我们心中的清华一个最具物理性的门，也是人们记忆清华的一个标志性符号。

　　这里的，一个默默无闻的转身
　　就会是，一个鲜为人知的生平

二校门，静静地

伫立在校河的左岸

没有门神

没有门联

只有看点

外面的人

看见的，是门槛

里面，是园中园

里面的人

看重的，是门楣

外面，是天外天

秋天，二校门

会颔首迎候

到达的行李

夏天，二校门

会挥手送别

出发的行囊

门风，掠飞百鸟争鸣
门户，坐地遥看星河

门的高度，是白色的
门的宽度，是白色的
门的深度
也是白色的

我眼中二校门的白
和我心中期许的白
是一样的白
没有迎合
没有违和
由远而近
由近而远

二校门的白
既不是那种听天由命的白
也不是那种我行我素的白

有些夺目，但不是一种华彩
有些庄重，也不是一种姿态

白得典雅

白得恬静

白了一地

白了一片

让着意要为明天上色的人

不敢有些许的怠慢

那么，好吧

就让我把二校门所有的白

慢慢打开

慢慢铺开

再把我自己

慢慢打开

慢慢铺开

去追上天边的云彩

把一轮孤清的明月

接到人间来

走进二校门

向右，是学堂

向左，是科学馆

向前，是行胜于言[1]

走出二校门
横在门前的路
只有一条

风雨，挡在门外
却不会拒绝寒霜
铺满道路
封存日夜

心窗，关在门里
也不会屏蔽呼吸
连着窗外
贴紧河山

我所熟知的二校门
根本就不是一道门
而是，一座门

那从不封神

---

1 在二校门的正北伫立着一座日晷，上书"行胜于言"。

且昼夜敞开着的门洞 [1]

既不防你

从外面拿来

更不防你

从里面带走

可无论，是到达

还是出发

没有人会选择

从门洞里走过

毕竟，入门和出门

都是引发街头巷尾

热议的敏感话柄

进去的时候

我们从东边

鱼贯而入

倚门逐北

二校门，在身旁

出来的时候

1　二校门的门洞今天已不再用来通行，只作纪念之用。

我们从西边

雁行有序

依门指南

二校门，也在身旁

未来，放在心上

青春，就在脚下

虽说，那是一个青春

富得流油的年龄

船身与桨影

都很骨感

但不会给未来

留下一点儿

擦肩的时间

一滴水，收获渴望

一声雷，收获期望

一朵云，收获远望

一颗星，收获仰望

一片月，收获凝望

一缕光，收获瞭望

门外乾坤大，门内日月长

一座门，之所以

素有一座门的内外之别

自有一座门

不是谁都能跨越的栏儿

不是因为门

而是因为人

那催化于门庭的神功

看上去，不过一句

磁化[1]在门上的诺言

有人神贤

有人神往

一道门，之所以

惯有一道门的高低之分

自有一道门

不是谁都能迈过去的坎儿

不是因为人

1　电磁学概念。

而是因为神

那教化于门前的神佑

听起来，只是一些

风化在门下的物语

有人神气

有人神伤

一座门，走进去的人

还要走出来

一道门，走进去的人

再也走不出来

太阳落了，会再升起

枫叶红了，还会再绿

二校门，依旧静静地

坐落在校河的左岸

无怨无悔守护着

昨夜星辰的

织网入口

站姿，昂然乍起

一道白透了的光

泰然划定

我们的昨天

同尘抵近的

分界线

坐态，悄然拧成

一束透着白的光

安然中，却不是

我们的今天

携程离开的

分水岭

如果说，二校门

是一座山

我愿是棵树

绿是山的绿

青是树的青

如果说，二校门

是一棵树

我愿是片叶

生是树的生

落是叶的落

每当我看到桃花的时候

我只想说：我爱二校门

如爱重逢

二校门，等来了你

也等来了我

让我们一起

爱上远行

爱上还乡

我们既不会从门缝里

去看别人

也不希望

别人，从门面上

来看我们

有人说，这里是最高学府

而我们还是习惯

把这里

叫，第二故乡

心有千重浪，门泊万里船

因为清华

收获，一个季节

不息，一个人生

20 图书馆

Tsinghua Library

因为清华

灯，可以熄灭

心，必须亮着

清华图书馆始建于清华学堂时期，1912 年建立清华学校图书室，1919 年 3 月更名为清华学校图书馆，1928 年又更名为国立清华大学图书馆，1949 年定名为清华大学图书馆至今。清华图书馆的藏书量一直位列各大学图书馆前茅，却颇有一门难进、一座难求之感。其实，社会才是一座更大的图书馆，且永远不会向敢于叩门的人关闭。

黑夜与白昼都是脚下的键盘

关键在于，你想怎么弹

图书馆，去过多少次
谁也说不清

能说清楚的是图书馆
那泛海的视窗
总是会，冷眼
你的信步走来
再目送，你的
姗姗离去

如果说，图书馆
不是围城[1]
可外面的人
需要冲进去

如果说，图书馆
是围城
而里面的人
又不愿出来

图书馆里的座位

1　源自清华钱钟书先生所著长篇小说《围城》。

每天，要靠抢
一直要抢到
你宽容的高度
等于，生命的
厚度

到图书馆借还书
每次，要排队
一直要排到
你包容的宽度
等于，人生的
长度

为了能看一本原版
要等到，图书馆
周边的小路
忿忿变白
等到月亮
敛敛低语

为了先睹一个孤本
要等到，图书馆

无言的复印机

振振作响

等到繁星

痯痯 [1] 无眠

在别人看来

这里或许

真的，是一座围城

围住了兰芽

围住了风光

还把对世界的很多要求

和很多想象

都移植到

我们身上

可在我们看来

这里彻头彻尾

是一场围猎

要把岁月认领的鼓点

都打成快板

1　痯，读音 guǎn，出自诗经《小雅·杕杜》："檀车幝幝，四牡痯痯，征夫不远。"指疲劳的样子。

虽不计胜负

但要论成败

清华有多大，图书馆就有多大

图书馆什么样，清华就什么样

图书馆的门

关上，还会再打开

打开，还会再关上

但从不会拒绝

任何一次

叩门

从星期一到星期七

夜晚，不过是我们

在没完没了地挪用

白天赊欠的时光

就算齿龄再真实

就算虚岁再属实

我们把星月披在身上

年华那本账

又怎么可能

不是花样的

灯光，守着岁月
平准生长

岁月，守着灯光
衡平生命

欲爱图书馆，必先爱校园
不爱图书馆，怎能爱校园

啊，图书馆
春雨穿越了我的唇润
送我一生不竭的甘霖
走进你那旷谧的田野
同声一片晓晨的鸟鸣

时光穿越了我的身影
送我一双清澈的眼睛
守正你那厚重的底蕴
透视一路追月的彩云

青春穿越了我的衣襟

送我一颗如洗的心灵

打开你那成册的故事

播种一地醉人的绿茵

墨韵穿越了我的年轮

送我一份恒久的温馨

书香你那启迪的星语

诠释一个如歌的梦萦

我爱校园的夜晚

我爱校园的早晨

我爱校园的大象 [1]

我爱校园的希声

每一个，没有爱的日子

都是人生的真空

就算跑到瓦尔登湖 [2]

如果没有爱

或许，一开始

1　老子《道德经》："大音希声，大象无形。"

2　美国作家梭罗的散文集《瓦尔登湖》。

就是错的

闻一多说：诗人的主要天赋是爱

雪莱说：美德的最大秘密就是爱

要么，与生俱来

要么，心知肚明

据此而论，我尚且缺一少二

还只能在图书馆里卖弄一下

自我虚胖的那一部分

用儒林外史[1]代言

卢梭的忏悔录

用西游记大话

海明威的老人与海

用聊斋志异戏说

瓦西列夫的情爱论

用本草纲目演义

达尔文的物种起源

可只要是行情一涨

熄灯的机制

1　〔清〕吴敬梓《儒林外史》，〔明〕吴承恩《西游记》，〔清〕蒲松龄
　　《聊斋志异》，〔明〕李时珍《本草纲目》。

立即熔断 [1]

总有那么一天
我会把图书馆的房间
都装上曹禺先生的日出 [2]
让熄灯的铃声
去旷野里回荡

季节，总是要比回忆短
岁月，总是要比遗忘长

爱，其实就是一个人自己
能够在自己的眼里
找到的天空

有爱的日子，像茶
喝一壶
又一壶

1　股指波幅达到规定的熔断点时，交易所为控制风险采取的暂停交易措施。
2　曹禺先生就读于清华时，在图书馆的老馆写就了成名作《雷雨》，《日出》也是其作品。

无爱的日子，像酒

喝一瓶

空一瓶

因为清华

灯，可以熄灭

心，必须亮着

21 断碑

Broken stele

因为清华

记忆，可以被定格

回忆，却不能是碎片

断碑，是为纪念在"三一八"惨案中牺牲的清华学生韦杰三烈士，由清华学生会于 1926 年发起而立。我在校的那个时候，它位于图书馆的老馆门前，现位于水木清华北面土山之阴。断碑的碑身虽然只有一米多高，却是清华学生为祖国、为民族献身的真实写照。那没有断掉的脊梁、没有断掉的生命、没有断掉的血脉和没有断掉的岁月，一直激励着一代又一代的清华学生。

我们不会忘记，也不能忘记
黎明，还仅仅是在黑暗的边缘

除非有人愿与黑暗同行

否则，人间私语

天闻若雷 [1]

图书馆的门前

赫然立着一块断碑

让图书馆里面的书

都跟着，站了起来

断碑，的确算不上高大

但不折不扣是共和国的

一块胸肌

从不会改变

自己的站位

在断碑的前面

是一条，带有生命体征的路

一直抵进

时间的尽头

东方拂晓

<hr>

1 〔南宋〕陈元靓《事林广记·警世格言》："人间私语，天闻若雷。"

断碑会以今天的格局

迎来，校园加持的

第一缕晨风

那被血烫伤的剑眉

与太阳同步

会指引过往的人

要走出，一天的

节奏

水泊黄昏

断碑要以昨天的预设

送别，校园贴水的

最后一缕夕光

那为爱挺直的心魄

与泰山比重

会陪伴不息的灯窗

去找准，黑夜的

支点

没有雪的日子

断碑的白

凝，而不涩

能剧透寒冷的禁锢

叫醒春天

有雨的日子

断碑的棱

傲，然领风

任凭风的肆虐

落在身上的水渍

却不会

再落下

断碑，断掉了身躯

却没有断掉脊梁

断碑，断掉了青春

却没有断掉生命

断碑，断掉了脚步

却没有断掉血脉

断碑，断掉了年轮
却没有断掉岁月

断碑，你从不和我
争论悲壮
我，也不和你
讨论悲伤
可谁能说
沉默，不是一门学问

总会有人问起
断碑，断掉的
那一半
在哪儿

鸟儿说，在天边
风儿说，在人间
老师说，在眼前

在断碑正南的小台阶下
有一块儿不大的地方
一个人站在那儿

正好适合低头

正好适合抬头

正好适合俯下身来

也正好适合，独上西楼

每到清明时节

望着拂柳熙熙的校园

我总会显得有些拘谨

只是，带了点积攒的春花

只是，带了点珍藏的雪花

还未等到华灯初上

就已经是

心花一片

我独自站在那儿

像一棵小草

等着春风吹来

大地，托举着断碑

断碑，托举着我们

昨天的侵蚀

或许，只是

断碑的残缺

就像那秋后的田野

被收割掉的部分

反坐拥了，人间的味蕾

今天的遗忘

才实实在在

是断碑的忧伤

就像一个个文字

一旦没有了灵魂

除了会忙前忙后

为野史选边站队

只能剩下，赤裸裸的

隔空对视

毕竟，我们仅凭一点

人间的眼光

来看宇宙时

还，只是

太空

于是，老生走了

新生来了

就好像不是我们

在行走

而是断碑

在奔走

太阳，升起来了

月亮，升起来了

星星，升起来了

整个校园里的地平线

也升了起来

谁，微笑着走向世界

那么世界

就微笑着

向谁敞开

悲观者悲观的，是有多少机缘

乐观者乐观的，是有多少机会

春天之美

美就美在

来了，会再走

走了，会再来
但如果真的只有春天
后果，不堪想象

书山，终无止
学海，始无涯
一个，有小径
一个，有小舟
而时机与生机
往往需要我们自己
来，激活一下

从云蒸霞蔚的早晨
到风清月朗的夜晚
一晃，一天就过去了
我们的确无法
再重复一遍
可断碑，却能
再长一回

时间，把断碑搁凉
我们，把断碑焐热

冬天，走得，越无奈

春天，来得，就越有声

因为清华

记忆，可以被定格

回忆，却不能是碎片

22 同方部

Tong Fang Bu

因为清华

流水的，清华学堂

铁打的，清华同方

清华同方部位于清华学堂的北面，是一间很不起眼的平房建筑。它远没有清华学堂宽，也没有清华学堂高，平淡得让经过这里的人非常容易忽视它的存在。但同方部是清华早期最大的讲堂，也是清华学人学术争鸣、情感交流和思想碰撞的地方。就一个人而言，文化与精神才是最深层次的内涵。因此，没有同方部的清华，正如没有清华的我。

　　清华，从来就不是一个人名
　　可一有召唤，这里的人都在抢答

同方部，是建校初期的一间
跨度和深度都是最大的平房
站在清华学堂的身后
心态，低矮得
坐北不朝南

一前一后从同方部
走出来的脚印
一寸一寸
冉冉垫高
清华学堂

整个建筑，就像一条船
有桨
有帆
有指南
却没有节外生枝的缆绳

站在船头
不讳风
不避浪
声，自远

甚至能迅达地球的极点

成为人间高音

岁月，在这里

同方出年轮

苟日新

日日新 [1]

灯光，在这里

同方出色调

水至清

木至华

看上去，不过是

一砖一瓦的领地

可每个席位

一朝一夕

都有传奇

走进去，不过是

一进一出的驿馆

---

[1] 出自《礼记·大学》第三章。

而每个座位

一年一度

也不是传说

同方生命

同方记忆

同方钟声

同方脉搏

自始，同方我们

至终，我们同方

紫荆的定式

翠竹的格式

碧荷的制式

青松的模式

都油然，在一个频道上锁屏

那些能透过纸背的陈词

那些会骑在墙头的神马

那些想冲淡历史的浮云

都正在成为一种

刷存在感的靡费

只有那些被同方

烫金了的标题

才是，我想要的文字

小楼，听过雨 [1]

山雨，满过楼 [2]

我从神农 [3] 荒野来

带着粗犷的自怜

无悔尘俗的渺莽

漫捻虚实的梦幻

我不舍山峦的迷漫

我不弃无边的海蓝

我有过迷漫的窘迫

我有过海蓝的尽颜

1　〔南宋〕陆游《临安春雨初霁》："小楼一夜听春雨，深巷明朝卖杏花。"

2　〔唐〕许浑《咸阳城东楼》："溪云初起日沉阁，山雨欲来风满楼。"

3　神农架，在鄂西北，指作者的故乡。

你是我血液里

最执拗的传感

你是我生命中

最固化的烤蓝

哪怕没有人来点击我

人生的页面

也要为你奉上

一千八百二十五个点赞[1]

只为宣示一条

生命的正切线[2]

一个人，如果只是拿着自己的尺子

去比量比自己高的人

不是在，为自己寻找方向

来比量比自己矮的人

也不是在

盘点释然

人们总是很在意

自己和别人

1　指清华当时的 5 年学制，共 1825 天。
2　数学概念。

比对的结果

很少会在意

别人和自己

比对的结果

在意，也罢

不在意也罢

结果都是把尺子

晒在了一边

那些能把月亮比得

落到手背上的人

从来就没有赢过

那些肯埋头走路

又肯抬头问路

把月光洒在身上的人

我，亦有过

忘形的跟庄

也有过，懊恼的崩盘

唯有同方的出厂设置

能把我流变了的插件

一键还原

我相信，清华人

肯定会越来越多

脚下的高地

也会越来越高

雁叫阵阵

马蹄声声

可同方部

却，只有一个

在清华地平线以下的世界里

不停地发送着

我们唯一的

共同词根

诗意的清华

每个季节

都在悉心孕育

诗情的温床

而诗情的清华

每一个人

都高高举着

钉诗的锤子[1]

无体育、不清华[2]

有校友、更清华[3]

多来者、才清华[4]

心清华、人清华

日清华、真清华

同清华、湛清华

不知为什么

我总是觉得

只有在同方部

一代又一代

清华人的脚步

有温度

有力度

什么，也不用说

---

1 美国作家马克·吐温："手里拿锤子的人，看什么都像钉子。"

2 清华体育文化。

3 清华校友文化。

4 〔唐〕陈子昂《登幽州台歌》："前不见古人，后不见来者。"

什么，都会明白

不管人生，有多少
周而复始的庄严
也不管青春
有多少无悔的翻版
这里，始终是
清华的
清华园

岁月，静好
同方，才是我们对岁月
应有的回声

没有同方部的清华
正如没有清华的我

站在地球上看，月亮绕着地球
站在月亮上看，地球跟着月亮

因为清华
流水的，清华学堂
铁打的，清华同方

23 工字厅

Gong Zi Ting

因为清华

每缝合一次，从现在做起

就要分析一次，从我做起

工字厅原是一座皇家园林，也是清华园的主体建筑。因其前后两大殿之间以短廊相接，俯视恰似"工"字而得名。历史有更始，清华与工结缘；未来有更替，清华文理同辉。"工"字的演进始终与历史的棱线吻合，让一次又一次的"从现在做起"，缝合了中国近代科技文明进程的一个缩影；一个又一个的清华人"从我做起"，又分拆了一份为时代应担负的答卷。

　　既有人，能把一天活成一年
　　就有人，要把一年活成一天

工字厅

原本，只是一座

已衰落的皇家园林 [1]

位于清华时间最远端

一直游走在

往事钩沉的

中轴线上

峰回与路转

一开始，举着的，是火把

再后来，举着的，是火炬

曲径通幽处 [2]

城春草木深 [3]

荣耀和归宿

终于，同时

有了说法

昨天，仰仗一块

1　清华学堂在北京西郊选址时，工字厅作为皇家园林的一部分早已
　　建成。

2　〔唐〕常建《题破山寺后禅院》："曲径通幽处，禅房花木深。"

3　〔唐〕杜甫《春望》："国破山河在，城春草木深。"

字金底黑的招牌¹

撑起的门脸

来的，都是

拈香的客

满园的莺声燕语

多少年来，不曾飞入

寻常百姓的家

虽言风情万种

索然昏昏

一道景象

今天，单凭一个

字红底白的品牌

立住的门户

来的，全是

寻梦的人

原来的廊下

笼子里的金丝鸟

1　工字厅的正门有一块黑底金字的门匾，上书"清华园"，为清咸丰
　　所题。

荡然不知去向

处处的莺歌燕舞

莫道一种风情

已然欣欣

万千气象

就是这座园林

连出生的襁褓

都贴上皇家的护身符

按照既定的血缘传位

最后，呻吟得

没了血色

还是这座园林

因庚子年的一次外卖

弃用了皇家的玉牒[1]

以固有的血脉传承

结果，铿锵得

有了血气

工字厅，自从水与木[2]的命题

1　皇室族谱。

2　源自水木清华。

有了清华的灵性

木，济水参天

水，择木澄月

一个洋洋洒洒

一个原原本本

再看时，被风雨冲刷了

数百年的砖、墙、瓦

不再有负重

喘息的杂音

肇始于，有教无类之列

入定于，大道至简¹之中

就一个转身

已把世界的本源之问

都系在了秋风

催收的替身上

文，要把一句话

说得越来越长

理，要把一本书

1　老子《道德经》：“大道至简。”

读得越来越薄

而那雨后的新生

被工字形的廊回

牢牢地，打上了

方正的印鉴

既生于斯

又长于斯

更不曾想，只要是

这里的花香一开盘

岁月的盘面

就不再对冲

吐蕊的灯芯

为迟至的晨昏

属属[1] 减压

园中的草木

在这片没有极值的原田上

浅埋深种

---

1 《礼记·礼器》："洞洞乎其敬也，属属乎其忠也。"指专心谨慎的
样子。

发芽拔节

开花结果

蜜蜂，在白天一侧起舞

收割，都是在夜间落幕

所有与更替相关的环节

只因有了一个

单调增 [1] 的介入

从人的世界

到世界的人

没有了休耕

哪怕是一只鸟

胆敢从这里

叼走一粒种子

那么这只鸟

早晚，都会

被种在这里

栩栩重生

古月堂 [2] 的藤影

1　指函数连续递增的情况。

2　工字厅作为皇家园林时的御用书房。

沿着壁立的老墙

渐次涅槃

根有多深

影有多长

工字厅的紫荆

从未停歇过求解

太阳的嘱托

只种下了这一个心愿

一转眼，就开了

一树的花

这里的，每一片瓦

都在萃取雨水

进而涵养

入园的云

这里的，每一滴雨

都在根植取向

转而注入

众人的海

无论是天涯

无论在海角

我们，盘桓的四季

和四季的盘桓

从这里出发

再回到这里

工

那顶天的一笔

是从现在做起[1]

那立地的一笔

是从我做起

而脚下的，那一笔

正好踩在这片土地

历史的棱线上

过来的人，都知道

是从站起来的

那一笔

开始的

---

1 "从我做起，从现在做起"是 20 世纪 70 年代末清华学生向全国大
学生发起的爱国倡议。

谁也别想，能躲在事物的背后
那里，是本质待的地方

君问
有多少，树绿的消息

问君
知多少，花开的秘密

因为清华
每缝合一次，从现在做起
就要分拆一次，从我做起

因为清华

器成，在荷塘

大成，在学堂

清华的荷塘月色已广为人知，可我更偏爱清华的学堂月色。如果说荷塘的月夜是一首清新的诗，那么学堂的月夜，则是一首胶色的歌。荷塘的月色如果是与浪漫的相约，映射的只是清华人的迥异情怀；那么学堂的月色，就是岁月的围栏，围合的则是清华人的共同执念。回望昨天，我们的器识，或许可以发于荷塘；可展望明天，若想大成，则只能就于学堂[1]。

　　对于学堂，我从来都是

　　温柔地爱着，又温柔地疼着

1　这里亦指广义的学堂。

270 ＼ 因为清华　一个清华学生眼中的清华

如果说，荷塘的月夜

是一首清新的

诗

那么，学堂的月夜

则是一首胶色的

歌

如果说，诗一样的月光

是生命稍纵即逝的

游移

那么，歌一样的月光

则是岁月无以替代的

围栏

如果说，荷塘的月影

是写意的

真情相约

那么，学堂的月影

则是素描的

真实触碰

学堂

那呈丫形结构的月色

绝对是我心中

最具生命力的芽

也种在，每个

清华人的心上

无问西东[1]

只问前方

就连泰戈尔[2]

也要在这里张开双臂

来匹配一个

拥抱春天的维度

去拥抱世界

学堂

那灰与白间变的月色

1　出自清华大学校歌。
2　泰戈尔到访中国时，曾在清华演讲。

绝对是我见过的

最大的月亮

能把每个清华学生

都塞进去

映在梁上

无分先后

只分担当

透过这里凝望祖国

一些不该忘记的日子

会一次又一次

标记在心上

学堂

那窗前斑驳浮动的月色

绝对是我认知中

最朴素的原创

盗版的成本

只能是，做一辈子的

清华学生

无论其谁

只论舍我

每到这里，就会有一种

只有在这里才有的悸动

要把给母亲的微信

抹上含香的月色

推送一条

收藏一条

荷塘，是诗的化身

偏爱月清

惊艳晨曦

心声鹊起

寄给太阳

学堂，是歌的天地

钟情月明

琼华四壁

从不谢幕

唱衰衾夜

荷塘，沉思远方

剪一段时光

就是童心不灭

唤回暗物质[1]的

张弛之道

学堂，漫道求索

打开一个视角

就有慧眼如炬

化腐朽为神奇的

排山之力

我真切地，体验过荷塘的幻化

我真实地，经历过学堂的造化

与其说，荷塘的银线

穿过泪腺的透镜

慨然聚合

跃然成像

1　暗物质（Dark matter）是理论上提出的可能存在于宇宙中的一种
　　不可见的物质，它可能是宇宙物质的主要组成部分，但又不属于
　　构成可见天体的任何一种已知的物质。

清华的

     ——清华人

莫如说，学堂的清辉

落入飞白的光栅[1]

顿然立体

豁然朗开

清华人的

     ——清华

一样的天地，不一样的月色

一样的风雨，不一样的身姿

走在月色里

行在水淼间

整个校园

都在与我同框

神秘的光晕

越来越小

---

1   由大量等宽、等间距的平行狭缝构成的光学器件称为光栅。

像我的心

最终，还是学堂月色
迥然向天反射了
我们自己的阳光

既能，带在身上
也能，搁在心上

静静的，学堂月色
是一座桥
亲情，从桥上流过
时间，从桥下流过

粼粼的，学堂月色
是一条船
我们，一人一双桨
春江，一天一个样

不可否认的是
自从有了学堂月色
就再也没有哪一片月光

敢贸然接住

我的喃喃细语

然而，即便是学堂月色

称得起这么说

我还是决绝地认为

唯有学堂月色

才是我的初恋

且永远都不会

让成熟，阻挡

灵魂的升迁

初恋，是一种记忆

可我说不清

能存储在哪儿

一搜索

在眼前

初恋，是一种颜色

可我说不清

应是什么颜色

一抬头

是月色

初恋，是一种味道
可我说不清
那是什么味道
一低头
是柠檬

初恋，是一种语言
可我说不清
该怎样来表达
一比划
是无声

初恋，本来就是谁也说不清
谁也不想说清的
雨巷

诚如是，我好像
还是没有能说清
什么是学堂月色
看来我的一辈子

都要去作答

一辈子

又在问

尽管如此地汗颜

一到举杯的日子

我总会不由自主地

还是要把学堂月色

轻轻勾兑在酒里

一个人，如果知道了自嘲

也就知道了，该站的高处

因为清华

器成，在荷塘

大成，在学堂

25 一号楼

Dormitory No.1

因为清华

我可以走进世界的每个角落

却不能再次走进，这里的房间

青春的让渡，是每个人成长必须要付出的代价。清华，让我可以走进世界的任何一个角落，却不能让我再次走回大学的时代。但我们每个人只要没有走在环路的积分线上，就无愧于自己的努力，无愧于亲人的关爱，无愧于青春的岁月。在这个世界上，其实任何一个人，只要心是青春的，就会依然青春，只不过是躲在自己看不见的视野里而已。

　　如果昨天，还能够找到
　　那么明天，就不会丢失

一号楼

我的大学宿舍

除了，没有妈妈的味道

一切都是家的味道

和雨后的味道

到处都是候鸟

栖息的蜗居

在这里，我们用青春酿酒

大可撸起袖子

尽情地与明天

推杯换盏

不是穷煽，要当一棵小草

就是神侃，要做一棵大树

一到什么、什么球

或者什么、什么人

要试着冲出国门的时候

恨不得一楼的人

都跺着脚奔跑

每天的晚自习后

楼道里总会被自行车

塞得插不进一根针

女生，挤不进去

时间，溜不出来

只有我们自己

乐此不疲

在季节的拐角处

挤黑冬天

挤亮春天

日复一日

年复一年

荒凉的矿井

炽热的废墟

都被我们

挤在了，同一画面上

头上的凸起，挤平了

心中的凹陷，挤没了

一直挤到书包里

那五颜六色的零碎

把缄默的行囊

逐一填满

一号楼的每一扇窗

都是一根孤独跳跃着的触须

无一退让地要接住

生活伸过来的手

没有一点迁就

只有心照不宣

让岁月，静谧得

像瘦金体¹

阔别二十五年后

我再次走进

久违的一号楼

一切

竟然

还是

1　宋徽宗赵佶所创的一种字体，是书法史上极具个性的一种书体。

邂逅

步法，还是原来的
时间，也是清华的
走出的明明是
一个闭合的循环 [1]
而积分的结果
却怎么也不再
等于零

我从 110 数到 119
又从 119 数回 110
数到了，山的那边
数到了，海的对岸
不知数了多少遍
最终，还是停在了云的上面
因为风，向来都是
从那儿来的

门牌的无语

1　数学上的封闭曲线积分，即环路积分等于零。

默许着当年的座次

114 的提琴

117 的象棋

110 的诗歌

119 的绘画

112 的气功

不就是那点琴棋书画的功夫

可韵律，我始终无法重拾到

一个纪年的开篇

我隐约又听到水房里

有纤细绵柔的手

在拨弄水的交响

还能和上我的怦然心跳

让一号楼

寂静得，能听见

天籁的回音

我很清楚，这是一号楼

最为神奇的基因

能助推懵懂的我

骑上竹马后

直下长干里 [1]

转瞬之间

走向成熟

我还知道，这更是

整个一号楼的春天

如果谁接不住春雨

那最为丰满的垂落

谁的整个世界

都将坠落

楼道里，依旧浸透着

曾经熟悉的风味

就好像，只有幽暗

才是这里的真实意境

我仿佛又看见

那两张我最珍爱的明信片

还贴在宿舍临门的床头

温热的一张

来自我的母亲

---

1 〔唐〕李白《长干行》："郎骑竹马来，绕床弄青梅。同居长干里，
两小无嫌猜。"

火热的一张

来自我自己

如今，都已宛若

过了季的蝉

倒是当年存放雪片的信箱 [1]

兑现了雪的承诺

和一号楼外

夜半的吉他声

一起渺远

一个长得极像

我当年的男生

诧异地看着我问

你，找什么

哦，不找什么

我就像一个午睡的少年

被猛击一下后惊醒

慌忙躲进了

只有自己，看不见的视线

---

1 当时还是以邮政为主要通信手段，在楼道入口处，每个班级都会
有一个专属的邮箱。

我没有胆量再去拍打房间的门

也没有钥匙再来敲打厚厚的墙

只得东转转

西转转

最终，带走了一个

大大的圈

像零

总有时间，会从指尖滑落

闯入心事的窗口

总有故纸，是从指尖拾起

摆上闲愁的窗台

多少的，铁马冰河

不都是随风

逐流而去

多少的，沧浪之水

不也是随风

入梦而来

既然风，才是最后的赢家

还有什么

不能释怀

又有什么

能不释怀

有的人

有的事

一回眸，就是一生

一举步，只是一程

如今，我对一号楼

还总是有着一种挂记

也总是有着一种责备

而挂记与责备

又总是差着

半个身步

日居月诸[1]

旦复旦兮[2]

平淡无奇的我

---

1 《诗·邶风·柏舟》："日居月诸，胡迭而微？"

2 先秦《卿云歌》："卿云烂兮，糺缦缦兮。日月光华，旦复旦兮。"

走到哪儿

哪儿都不嫌多

但求在这儿

我奢望，能有点嫌少

因为清华

我可以走进世界的每个角落

却不能再次走进，这里的房间

26 主楼

Main Building

因为清华

主楼是我，一生的风景

而我，只是主楼的一个盆景

清华的主楼，作为一个建筑群，是校园里最大的结庐，也是当时全国高校中最大的教学主楼。狭义上的主楼只是相对它的配楼、裙楼和后楼而言，而广义上的主楼，则是一代又一代清华人用心血与汗水搭建起来的伟岸，我不得不说"结庐在人境"[1]。集腋成裘、积沙成塔，站在自己一砖一瓦搭起的层楼上，向前看，人多高、袖多宽；向后看，楼多高、天多蓝。

　　感恩你有一双发现的眼睛

　　让我不再独自前行

1　〔东晋〕陶渊明《饮酒·其五》："结庐在人境，而无车马喧。"

主楼，是校园里

晏海平湖、挽澜翘楚

最大的结庐

雄踞时间的要津

晓窗分与读书灯 [1]

怡然见西山

只要有足够的勇气

去推开一扇窗

一伸手，你可以

触摸星座

触及星星

能让黑夜惊讶得

开始闪烁

主楼，也是校园里

关山揽月、毓秀巡天

最高的凭栏

多少潇潇雨歇 [2]

多少蒹葭采采 [3]

---

1 〔北宋〕王禹偁《清明》："昨日邻家乞新火，晓窗分与读书灯。"

2 〔南宋〕岳飞《满江红》："怒发冲冠，凭栏处，潇潇雨歇。"

3 《诗经·蒹葭》："蒹葭采采，白露未已。"

都淡然在

极目之巅

只要你肯拾级而上

视线就不会下沉

一抬头，能如愿

看见地平线

画面，展开在哪儿

视角，就打开到哪儿

从远处，看主楼

像一座陡峭的山

只有上山的路

没有下山的人

从近处，看主楼

那不为斗米折腰[1]的儒雅

直上云天

兀然洞穿了

三清[2]的素颜

---

1 《晋书·陶潜传》："潜叹曰：'吾不能为五斗米折腰，拳拳事乡里小人邪！'"
2 指道教圣地三清境。

站在，时代的

风口上

向前看

人多高、袖多宽

站在，历史的

浪尖上

向后看

楼多高、天多蓝

主楼的灯光

一伏案，就是

一番春秋

调和风雨

阅尽烛华

有的旧

有的新

不分四季

只要你的人生剖面

正对主楼

打开一个

点亮一个

主楼的房间

一俯身，就是

一片天地

纵横古今

不负芳华

有人来

有人去

要把校园的民谣

带到远方

门前的接踵

说来，就来

说走，就走

心，向主楼齐飞

路，沿主楼棋盘

好在，我揣在兜里的主楼

都是公认清晰的部分

恰好能用来泼墨

而困在我记忆中的主楼

倒是自认模糊的地方

刚好能留作题跋

对此，我总有一种

莫名的幸运

小学生，信奉

知识就是力量

背着大书包

背得，越多

跑得，越快

大学生，相信

时间就是金钱

背着小书包

背得，越少

走得，越远

时光荏苒，无论情感的化石

会出现多少趋光性的皲裂

我总能把主楼

捉刀成一个我背着

既能跑起来

还能走远的书包

令我怎么也不会忘记

我仅有的两次低头

都在清华主楼

一次，是到来

低头爬上去的

一次，是离开

低头走下来的

可到如今，我也说不清主楼

究竟有多少个房间

我

还没有走过

甚至，没有路过

只是在有人说起清华时

才会盎然想起

我的哆啦 A 梦

就是要去走完

主楼，那还没

走过的房间

而主楼对于我们

则像母亲一样

时刻惦记着她的孩子

又时刻铭记着每个孩子

播撒在内心深处的

稚嫩火种

我们，行多远

主楼的耳朵

就拉多长

还时刻注视着我们

变直的身躯

和变厚的嘴唇

并笃信孩子们

膝下的黄金

不会，随行就市

不会，待价而沽

我们风雨兼程时

仍是主楼在身后

像一把，为岁月

撑起来的伞

纵使高阳暖桃李

满园深树犹怯寒

人已瘦，世间无忘问者谁……

我，搬不动大礼堂

搬不动学堂

搬不动澡堂

就连宿舍的那张床

也搬不动

我一直以为我

什么也搬不动

可一看见主楼

马上就情不自禁

搬起记忆

向后撤退

一山越过一山远

紫荆花开杳无边

千情不抵一情在

故园此处一楼拦

再大的伞，一旦拿出来兜风

那就只能是，一把降落的伞

因为清华

主楼是我，一生的风景

而我，只是主楼的一个盆景

27 荷塘

Lotus Pond

因为清华
一人一步一月色
一年一度一荷香

朱自清先生笔下的散文《荷塘月色》，曾入选全国统编《语文》教材，触发了很多人的清华梦，也让我的清华梦提早到认识清华以前。清华见证了荷塘的变迁，图谱年轮，嵌入回望；而荷塘也见证了清华的嬗变，廊接时代，写在脸上。如今的荷塘，已然成了众多清华学生心中挥之不去的母校情结，可谓："一人一步一月色，一年一度一荷香。"

到处都是靠近荷塘的路
可每次去，都要在心里导航

学堂守东隅

荷塘守桑榆

其实，就是

一扇窗

俯首探路

学堂，在前方

如约打开

一段时光

回首听涛

荷塘，在后方

如期合上

一段岁月

荷塘，一开始

叫近春园

只有一些

近似的春光

如今还能依稀辨识的

只是那点跟着季节

望风挪移的残痕

挪得，虽有底气

移得，却没地气

尽管牌匾早已散落

远去了风的颜色

湮灭了乱石的呻吟

终究未能抹掉

这个世界

曾经的，某种任性

说不清，是什么时候

开始叫荷塘

幽幽的月色

终于可以用来考证

淡淡的荷香

一条煤渣铺成的小路

荷语如诉、柳灯如梭

好像还有梵婀玲的声音

驻足在水中央[1]

1　源自朱自清散文《荷塘月色》。

试图要永恒

这个世界

有过的，某种彷徨

再后来，又称荒岛

零星的花、参差的草

已经够荒的了

间或的几声鸟叫

还要悻悻沉入

一潭死水

满池碾压着的浮萍

横生出刮不完的风

仿佛要把这个世界

活活干燥得

只剩下藕根

烤熟的，某种意味

或许只有在今天

才称得上，叫荷塘

不再是靠季节

驻颜的春色

也不是用文字

调色的月光

水榭近春

晗亭驻春

百鸟鸣春

蛙声惊春

小荷争春

柳荫藏春

都要上交给这个世界

去添加一些

干净的，某种云朵

如果说，荷塘

是座弃院

曾经沧桑

那就存储历史

烙在心上

如果说，荷塘

是座别院

只能寻幽

那就折叠岁月

压在箱底

如果说，荷塘

是座荒院

难以着色

那就图谱年轮

嵌入回望

如果说，荷塘

是座跨院

可以裁剪

那就廊接时代

写在脸上

总之，荷塘并不空旷

虽只是有了月影袅袅

还只是有些荷影娜娜

也只是有着灯影绰绰

尚只是有点人影约约

却总会在你不经意的时候

缥缥缈缈地传来

昨天的声音

"只是"是多少，"如果"又如何
……

　　月明，照旧，照人还
　　莲馨，如初，如水长

　　喜马拉雅的山
　　我不疑封岭的雪
　　三江源的雨
　　我不惊乱石的涛
　　茶马古道的夜
　　我不舍吹柳的笛
　　还有多少
　　还有多少
　　都能找到我的源头
　　但我确信
　　荷塘，一定是
　　当中最小的一个
　　可只要在月光下的池边
　　一站，我的时光

就有了去向

虽然，我与荷塘的缘分
一点也不牵强
但不妨碍我
惆怅过
惊喜过
从未停下过

如果有人来问我
还有什么心绪未了的话
那就是，活到现在
我还没见过
荷塘，思念我的样子

我只得背起月亮向下看
走近荷塘的每一个身影
都不会
再重合

春风，太黏人
夏风，太磨人

秋风，太愁人

冬风，太唬人

还是起于荷塘

又止于荷塘的

荷风，终究不会

苟同后现代主义

对命运的着意安排

和时光的苦心调剂

吹动着，别样的绿

吹送着，别样的红

风晚人向月，风清月近人

哦！荷塘

我不知道

明天的你

还会，怎样改变

又能，怎样改变

但我想我会

即便踏碎月光

也要去看你

偌大个清华园
一串串的脚印
都坚定地踩在
时光的音符上

因为清华
一人一步一月色
一年一度一荷香

28 毕业前夕

Eve of Graduation

因为清华

一度的，青春岁月

一生的，岁月青春

本以为走进清华难，不曾想走出清华更难。只有在要离开的时候，你才能更真切地感受到亲人们五年的期盼，可我还没来得及近距离地看上社会一眼。那份忐忑，还有那份不舍，我想这可能是很多清华学生都曾有过的纠结。所以，无须把月光下的身影归咎于自恋，也不必将眉梢上的蝶舞归功于破茧。因为清华，终究是一度的青春岁月，又因为清华，必将是一生的岁月青春。

我们迈向未来的每一步
都是在，为细节打卡

毕业前夕

清晨，闻亭 [1] 的钟声

还是那样地悠扬

径直穿透了校园

也穿透了

我的身体

校河，站在岸上的杨柳

已在暗待下一个春天

我知道这里通向南方

还没有到达岸边的我

只好暗暗祈祷

来接我的乌篷船

你慢慢摇

柳絮从枝头争抢而下

潜入了校河的湾

空无了河鱼的眼

一时间，光鲜与暗淡

都是这个春季

---

1 在水木清华的东北部，原为清华的钟亭，后为纪念闻一多先生，
   改称"闻亭"。

新开的口子

清华的季节，在继续到来
而我的季节，在继续离开

春天，我总是走得匆冗
烟雨烟柳烟云色

夏天，我总是走得奔放
长伴喜鹊醋高树

秋天，我总是走得哀婉
荻花无意天有意

唯独这个，最后的
也是最冷的冬天
我走得
最为静悄悄
清华园，我
会淡出你的视野吗
是谁
在问我

我，又在问谁

夜晚，熄灯的铃声
也还是那样地清脆
听不出季节
发生了什么改变
而每一次的余响
都在催促一个
采摘时刻

实验室的灯
依旧在解答
一个无风的白天
发誓要与明天建立
互为信用的空间

可没有什么能比
那没有差别
但有区别的铃声
能让我，永恒
毕业前夕那个
有雨的夜晚

系馆前，两排低矮的平房

为什么，只隔出一条

通往幽深柴门的小径

让我窘迫得

要么折返

要么向前

我不得不去

小心地按下一个葫芦

再小心地去

按下一个瓢

一边，拨弄着毕业的弦

一边，不相信毕业的天

最后我是把毕业的日期

送到了加西亚[1] 的手中

可我，也跟着那封信

渐行

渐远

1　源自阿尔伯特·哈伯德的著作《把信送给加西亚》。

那段，看似一个人的世界
那段，与选择抗争的桀骜
至今还体面地写在
毕业设计的题名上
既没有褪色
也没人关注

只有我自己知道
那是我，第一次
被某种冲动
死死抓住
向着天空
直立疾走

有太多的老师
还没有请教
什么叫此去
什么叫再来

有太多的同学
还没有说清

什么叫相逢
什么叫离开

更何况女生宿舍
至今，也没有
去过
一回

一切，都在昨天
一切，又在今天

到了此刻，我满心想的
还是一些没发芽的事
完全没有去正视
镜中的人
和水中的月
都有它们自己的时刻表

在那个，最后的
也是最冷的冬天
固然，我很快
就睁开了眼睛

可说出来的话

还是一些呓语

早已准备好的行囊

被撕碎的日历塞满

没有一点空隙

能装下，一句

离别的祝福

不管是，卡诺循环

还是朗肯循环

抑或迪赛尔循环 [1]

只要有热量

就会有能量

现实，不能倒置

因果，没有倒装

除非打算在纸上

来推演一次

人生的政变

---

1 卡诺循环、朗肯循环和迪赛尔循环都是热力学经典循环理论。

有很多的时候

我们的一双手

与其，捂着脸

不如，捧着心

我突然意识到我最好

见人就去打招呼

大声跟他们说：再见

我相信只要有一句

没有被风吹散

这里的空气

就不可能没有

我的余温

再凝重的岁月

也压不住活着的灵魂

纵然你能摁住自己的脚印

也无法留住自己

走过去的影子

是影子，终将远去

是脚步，必将远行

无须，把月光下的身印
归咎于冰清
出水的自恋

也不必，把眉梢上的蝶舞
归功于冬眠
脱俗的破茧

结束，即是开始
开始，亦是结束

梦，都是做出来
而不是睡出来

既然未来，是可以设计的
那就只能
交给时间
去审查

该存盘的，就得存盘

该下载的，还得下载

路漫漫兮，其修远 [1]
只要，是一颗
赋过能的种子
启程的号声
有多么地孤独
一路上的哨声
就多么地幸福

因为清华
一度的，青春岁月
一生的，岁月青春

---

1 源自先秦屈原《离骚》："路漫漫其修远兮，吾将上下而求索。"

29 我的姐妹

My Sisters

因为清华

我的祝福点积你的祝福

恒，等于一

我真的不知道该怎样评价清华女生——我的姐妹们。我只能说我在清华上学的那个时候，有这样一个事实，就是在学业垫底的人中，你基本上找不到一个人会是女生。可能有人不信，竟然会有同班五年没有说过一句话的情况。但，那是真的；真的，是那个年代。不过毕业后的一次偶遇，我和她一口气把五年没说的话都补上了。因为清华，我只能用我对她们的祝福，来替代缺省的评价。

　　校园里，自从有了你们[1]
　　遇见就像碰见某位亲人

1　1914年，清华首次选送女生留美。

二十世纪八十年代的清华

女生和零花钱一样少

宛如沙漠里的一抹绿

突兀得刺眼

又稀缺得养眼

不知是，那一抹绿

在执意驯化

沙漠的躁动

还是，沙漠

在会意羽化

那一抹绿的灵动

一个看似生态的话题

却蕴含着一个

人生的宣言

我们赶来答题

再赶去，阅卷

至此，你是风儿

我是沙

从故乡的小河

唱到了清华

驼影，是沙化的历史

驼铃，是铁凝的长歌

都已随刀光远去

还好，还有沙丘

不改肤色

不换身型

但凡一点生气

就大漠孤烟直[1]

也是一览无遗

也是不屈不挠

倒是那些穿过沙漠的风

也够执着

也够神威

总在极力要把沙子的灵魂

吹走，不过是

走了沙粒

来了沙丘

---

1 〔唐〕王维《使至塞上》："大漠孤烟直，长河落日圆。"

君不见，在清华园里

一个叫照澜院[1]的地方

风轻时，像沙漠

流动着照澜的月光

风劲时，像沙丘

固守着照澜的月亮

莫愁的湖，会干涸

爱琴的海，能枯竭

那些声称莫愁的

和那些面朝大海的

哪个不是在水枯石烂之际

就甩手给沙漠来接盘

沙漠，也只有是沙漠

有多么地破碎

就多么地起舞

那遮天蔽日的沙腥

摆脱了人间的血腥

1　在清华二校门的正南方向。

正一步步迫近

我们对自己的认知

兄弟是沙

集沙成塔

回首的切片

总在为成烟的旧阅

心甘情愿

叫座埋单

姐妹是水

固沙成洲

望眼的鳞片

总让来不及遗忘的冰冻

有意无意

升温做旧

君住新斋头，我住一号楼 [1]

1　20 世纪 80 年代清华的"校园文学"。当时，新斋是清华最大的女
　　生宿舍，一号楼是清华最大的男生宿舍。

是那时的我们

解封一个冬天

最为公开的密码

能让整个校园

都摇动起来

时常是，在门上留下

一张装模作样的纸条

就能把照本宣科的世语

新说成一个葫芦的样子

然爱情的绿码 [1]

从来不会逾期

只要是与女生相关的

月亮，就会显得有些刻意

太阳，也会平添一些新意

即便时间再苛刻

男生们也断然要

郑重其事

眼下，我的姐妹

1　新冠疫情防控采用的健康检测码。

早已成为他人的嫁娘

都曾跟着她的孩子

蹒跚学步、咿呀学语

却毫无例外

要把一片沙漠

涂鸦成，一片绿洲

她，和她的孩子

一起触摸到的

除了毕业照上

那一张张泛黄的脸

还有她的记忆

同班的一个姐妹

从入学到毕业

竟没和我说过一句话

或许是，我和她

都在冥冥中赌定

只要什么都没说过

就没有什么

能忘记

更有一个姐妹

跨越的高度

大大超出了

我身高的承受能力

现在，那个高度

越来越清晰

而我，越来越矮

还有时，一个她

只是简单地竞走了几步

我就需要一路小跑

才能追上去

以读出一首

新的诗来

实际上，我常常在想

倘若那时的我

胆子再大一点

结果，一定会

更好些

虽如此，只要一听说

她们中有谁

要自他乡来

我必定会穿上那件

当年，她们都见过的

至今还没有

穿破的背心

我的清华记忆

从没有过折旧

就像那一园子的土地 [1]

虽说是一个男儿的国度

可不让须眉的典故

会不时，翻新情节

又不断，增添角色

以至于，我们只有

在四目相对时

才能分清楚

性别的差异

用能够拉黑一切的眼帘

---

1 按《企业会计准则》规定，土地不计提折旧。

把一滴晶莹娶走

而那时的我，还不写诗

整个大学期间

也就只收到过

一首娟娟小诗

来自一个化妆是多余

高跟鞋也是多余

和我相识在西阶[1]

一抬手，就能

托起春天的姑娘

毕业离校的前夜

我选择她作为我

与清华女生的话别

那首小诗，就是我

第二天收到的行色

一直珍藏到现在

被她用小诗点评过的我

今天，想模仿她一首

---

1 清华西区阶梯教室，在科学馆的北面。

谁知，写下的每个字

都生出了白发

亲爱的姐妹

昨天的你

我们以月色为邻

我总觉得欠你们

一份评价

没有交给月亮

今天的你

我们以秋水比邻

我还是觉得

缺省了的评价

也只能交给月亮

亲爱的姐妹

如果，还能再参加

一次高考

我依然在清华

等你

下一个白露之后

还会有霜降

我们身后那条

只有岁月才不挑剔的小河

依然在，慢慢

变长

请和我一起守候

照片的下一次

慢慢

变黄

因为有你同行

我们，才与时间为伍

今天的清华

已经美得

需要到热搜上去看风光

可我还是怀念

那开着点点野花的校园

那座连接一号楼和十三号楼

且布满青蔓的小铁桥

那条有着野趣的小河

那一小片沉静的菜地

和那一份泥土的真味

似乎，这一切

还在教我

去

想她

不错，都是无风不起浪

可没有了浪，沙子又怎么上岸

因为清华

我的祝福点积 [1] 你的祝福

恒，等于一

1　向量的数量积，方向相同的两个单位向量的数量积等于一。

30 我的兄弟

因为清华

不怕，没有翅膀

只怕，没有远方

我的清华兄弟们的履历，早已不再是刚入学时那样单一地写着高中，可我们的情感，似乎依旧单一得只有一种颜色。酒喝干，再斟满！不管怎样地陶醉，都是一副穷人不穷、富人不富的样子。毕业后的岁月带给我们的最大收获，就是我们比上学时更懂得了分享。分享借点餐票的挥霍，分享跳出窗外的论剑，分享穿上跑鞋的跨越，分享"因为清华，不怕没有翅膀，只怕没有远方"的过去时光。

　　兄弟，就是眼里能揉进沙子
　　心里却没有沙子的人

没有什么能比兄弟的眼底

更能啮合，曾经的过去

我和我的兄弟

有过五年的时光

多么美好

水连着水

多么遗憾

山连着山

而今天，一起身

就只剩下了夜晚

如果这个世界

不能没有别离

我想我会选择

和兄弟你的别离

只带走记忆

不带走回忆

只留下醉意

不留下酒意

所有的盼望

所有的指望

都刚刚地好

不需要雨中的伞

不需要搭桥的线

别得再久，有一场雪

就能懂得更多

离得再远，有个月牙

就已足够

今生幸得有兄弟你

我愿山，永远有陵

我愿水，永远不竭[1]

好让我们一起

隔空笑看

云起云落

既然，我，赶上了

兄弟你的缓缓远去

又怎能错过

远远看着兄弟

你的，缓缓老去

就算人生

---

1 〔汉〕乐府《铙歌》："山无陵，江水为竭"。

只能有一次别离
我想我还是会选择和兄弟
你，别离

我的兄弟
不问出身
不问贫寒
既不问你，从何处来
也不问你，向何处去

只是我们每个人自己
在不停地问自己
从何处来
向何处去
每一刻
每一天

有人爱菊花
只顾什么，秋风落叶

有人爱海棠

哪管什么，绿肥红瘦[1]

有人，朝花夕拾[2]
有人，对空折枝[3]

尽管如此，为了那句
来自远古的承诺
总能挑出一枚邮票
偷偷用飞吻
暗示丘比特的箭
要假装成一次
最无心的旅行

白天，在梦里
是太阳

夜晚，醒来后
是月亮

1　〔南宋〕李清照《如梦令》："知否，知否？应是绿肥红瘦。"
2　鲁迅《朝花夕拾》，原名《旧事重提》，是鲁迅唯一的一部回忆性
　　散文集。
3　〔唐〕佚名《金缕衣》："花开堪折直须折，莫待无花空折枝。"也
　　有一种说法认为作者为杜秋娘。

可不管自行车的轮子

会卷起，怎样的

一路绝尘

总是要把一缕清风

留给还是空着的后座

让好事者和观望者

猜想一个春天的份量

和一个春天的体量

我们该记住什么

所有的感动

该怎样取样

靠的，只是刷脸

我们又该忘记什么

所有的原谅

该怎样重置

凭的，还是刷脸

借点餐票，就挥霍生日

跳出窗外，敢华山论剑

坐而论道，要激扬文字[1]

穿上跑鞋，能跨越荒蛮

若不是毕业留言

我真的不知道

有位兄弟姓韩

五年的磕磕碰碰

似乎只有当名字

写进生日蛋糕时

才会停留在嘴上

每次，总是有人

想借别人的生日

要好好当回猎人

而最终，无非是

自己成了下一个

送上门的猎物

我们莫名其妙地徒有实名

又沽名钓誉地浪得虚名

1　毛泽东《沁园春·长沙》："指点江山，激扬文字，粪土当年万户侯。"

可虚名的盛行

总要搭上绰号

才能流通

谁看，都是

一个圈子

旭日，在晨读中升起

蝉声，在灯光里嬗变

思维，在文理间交替

节气，在车轮上转换

直到我们需要

把对方的名字

写在信封上的时候

才惊奇地发现

什么叫同学

什么是鸿雁

还有位兄弟的诗

总是在不停地写

那没有翅膀的蒲公英

我一直，很无解

难道就凭这个

能飞越太平洋

可当大洋的彼岸

真的有消息传来

我知道我总抱恨自己

为什么，没有翅膀的宿命

该终结了

云，没有翅膀

却在蓝天翱翔

子非鱼，安知鱼之事[1]……

如今，在我的手心里

既握着我们的真话

也有握不住的大话

世界越来越大

嘴巴越来越小

但这门手艺

---

1 《庄子·秋水》："惠子曰：'子非鱼，安知鱼之乐？'"

又怎能失传

不过，一直到今天
我最喜欢的，还是
我们对饮时的微醺
富人不富
穷人不穷

酒喝干，再斟满
这，就是我的兄弟

你不必在意
蝴蝶的翅膀
会一时冻僵
有梦，就有远方

也不必在意
雕梁的兆始
还是根木头
有诗，就有分享

清华，让我们学会驾驭时间

时间，让我们学会驾驭自己

虽然，我们两手空空
但我们紧紧攥着时间

因为清华
不怕，没有翅膀
只怕，没有远方

31 我的班

My Class

因为清华

我的班或许会，被历史遗忘

但一定不会，被时间洗白

清华班级的编号别具一格，都带着各自的专业简称，就像是我们相互识别的基因图谱，会伴随每个清华学生的一生。不管是被历史记住的清华学生，还是被历史遗忘的清华学生，都会无悔于在这里的学习时光。就人的一生而言，每个人的青春岁月、每个人的大学时光，本身就是一首最清新、最隽永的诗，那份张力[1]，不是写出来的。

　　天下，没有不散的宴席
　　只有不散的班级

1　力学名词，物体受到拉力作用时，存在于其内部而垂直于相邻接触面上的相互牵引力。

我的班

一个三十一人的矩阵 [1]

牵手三十一个星座 [2]

却，只锁定了

一个生肖

使得我们的今天

不得不相互祈望

少谁 [3]

都会被夜空

托住

白天

时钟的发条

要为每一分钟上弦

把一天，都压实成

紧固的音簧

夜晚

1　数学概念，由 19 世纪英国数学家凯利首先提出。

2　作者所在的班级，由来自祖国各地的 31 位同学组成。

3　指作者对同班不幸去世同学的怀念。

当月亮高高挂在窗外的时候

我们会留下走廊的灯

去轮值守候

第二天的太阳

让校园的早晨

和光同尘

宇宙的光

无声的你

无声的我

无声的，踏浪快进

无声的，闻莺回放

或许，只有这样

大千的世界

才总算有一个王国

能由我们

自行签证

荷塘的风，在耳边曼舞

丁香的雨，在额前癫狂

三院¹的雪，在眉梢清雅

紫荆的露，在身后凝霜

我的班

一半，是你

另一半，是我

若干年后，我心血来潮

写了一首诗

叫《我的班》

妻子看了说

怎么诗人的诗

我，读不懂

而你的诗

一看就懂

我腼腆又急切地催问

我的清华班号"热三"

是什么意思

她，终于

1　清华早期的教室，因图书馆扩建拆除。

摇了摇头

原来
诗，不是写出来的

我知道我的诗
还不是诗人的诗
我也不管别人的诗
是怎么写的
反正我的诗
要写在门上

如往那般
再紧张，也要腾出
一点地方
种上一些月色
如今这般
再忙也要花点时间
把夜色蜡染得更深
总之，我不吝
还少年

至今，我的班

所共轭的搜索引擎

依旧输入：全名全拼

（不接受带有条件的称谓）

依然输出：BASIC[1] 格式的各抒己见

一同免疫大数据时代

最为流行的智能病毒

以确保我们的群里

没有人感染

每个人的身份选项

要么是主人

要么是客人

但，从来不分

什么主场

和什么客场

还是那个不老的矩阵

还是遵循无极差[2] 的角色换位

---

1 一种直译式的编程语言，在完成编写后不需经由编译及连接等即
   可执行。

2 数学上用来表示最大值与最小值之间差距的值。

谁被关注

谁就在中间

谁需要关注

谁，就一定

在中间

只不过，中心位置上

那一把铁交椅

一直都是留给

有准备的人

和毫无准备的人

坐上去的人

的确，是无心的

可周围的人

却铁了心

每年校庆[1]的日子

我们会不约而同

打开一扇闸门

---

1 清华的校庆是每年 4 月的最后一个星期日。

来倾泻一个

早春的汛期

好把忘了形的水

送进心海

以求再度蒸发

每次见面，我们都会

自带一个黑匣子

一起陷入一场秋事

先碰碎一个酒杯

再带走一个酒杯

只要我们

一责难谁

谁就会立即被通缉

而被通缉的人

将无处申诉

入学时

问得，最多的

就是：你高考多少分

想必是每个人

都要全覆盖

才能完成的功课

叙旧时
学舌，最多的
就是：我也知道
谁，是哪儿的人
估计连大嘴的乌鸦
都嫌迂腐

可这一切
已然盖过
尘世的声音
变本加厉地透支着
我们的，过去时光

现在，我的班
有人在国内
用火柴，点亮了
时间的正面
让那不再漫漫的长夜
为一天的结题
打膜封底

有人在国外

用面包，堵住了

时间的背面

让那再多情的红叶

也只能从正面

向根部飘落

我们孩子般地守住了

记忆的黑洞[1]

却没有能够

守住，时间

时间的计量，我们可以精确到秒

岁月的度量，我们只能匡算到人

日历，一本一本地变薄

相册，一本一本地变厚

时间一任性，一天天过去

1　时空曲率大到光都无法从其事件视界逃脱的天体。

语言一任性，一年年过去
文字一任性，一代代过去

可只要是我们不任性
一幕幕，都能回来

因此，如果不想与未来迎面相撞
我们只能选择
尽早出发

因为清华
我的班或许会，被历史遗忘
但一定不会，被时间洗白

32 重逢

Reunion

因为清华

重逢，不醉不还

离别，不还不醉

思念，像是灯下的徘徊，走得越远，影子越长。虽说人生何处不相逢，可人生难得是重逢。像这样以十年为一个音节的跟读，今生能有几回闻？更何况是三十年一度的秩年[1]重逢，我们又怎能不用心语去煮酒，又怎能不预定一个日子，不还不醉。毕竟，四十年太久，三十年太短。

　　只要人间不能没有尘埃

　　聚和散，都是卷土重来

1　毕业的整数年，如十年、二十年等。出自唐·白居易《思旧》："已开第七秩，饱食仍安眠。"

思念的航线

穿越毕业后的三十年

孤傲的距离

没有一点

是真空

不管你，从哪儿起飞

只能降落在

同一热点

阿尔卑斯山的雪

洛基山的雾

昆仑山的风

只需一声哨响

就能同时

叫下暂停

萤火虫的光

不是，为了照亮宇宙

也不是为了

让黑夜，记住

那点纤弱的色变

哈雷彗星[1]的回归
不是，为了俯瞰地球
也不是，为了窃喜
掠过地球的
那一快闪

遇见，是拥抱走近的绚烂
重逢，是抚摸离别的静美

没有聚光灯
没有头衔
不讨论未来
也不谈金钱

该说的，还是
那片白云
不管笑意
是否，已陈年

1　唯一能用裸眼直接从地球看见的短周期彗星，也是人一生中唯一
　　有可能看见两次的彗星。

可抱怨得最多的

还是别人的酒量

大不如从前

直数落得

时间，低下了头

有几分，木华[1]的秀色

就有几分，水清的补色

调侃的，还是

那段风花

没人去理会

光阴的沦陷

脸红了

灯红了

酒，也红了

心，却绿了

有几分，恨别的真色

---

1 源自水木清华。

就有几分，返璞的本色

微笑，把目光点燃

问候，让时光对流 [1]

辐射 [2]，承包了

心中的所有炽热

注定我们一握手

就是双重温度的比肩

要把荷塘的月亮

一起放声唱弯

青春的组分

很是有些顾此失彼

说惯了洋话的同学

一声国语：干杯

还是我们最熟悉的低音

远比他们的肤色

要正宗得多

1　传热学研究的内容，热的三大传导方式之一。

2　传热学研究的内容，热的三大传导方式之一。

举起杯，我们交流身上的彩头

放下杯，我们交换心上的石头

那些过去说不出口的

一说出来

就成了往事

那些到现在

仍津津乐道的

再说一遍

还是新事儿

真不知道，这个世界上

还会有什么事能让我们

如此高高举起

再轻轻地放下

战争与和平

一人高过一人

一浪高过一浪

只有碰杯的声音

是新鲜的

这种，以十年

为一个音节的跟读

今生能有几回闻

也只能是谁醉了

昨天，才是

谁的

有举杯，就有弹冠

该怎样举杯

就该怎样

弹冠

有挥手，就有走远

该怎样挥手

就该怎样

走远

我总在努力

要把诗，写成生活

可很少有人

能记住

我的诗

我的兄弟姐妹

无意间，把生活

写成了诗

却让我

记住了人

重逢

就是，你的

三十年

再减去

我的

三十年

离别

却是，我的

三十年

再加上

你的

三十年

思念，犹如灯下的徘徊

走得越远

影子越长

倾诉，犹如林中的漫步

走得越深

涛声越纯

看起来，一个人的前半生

是在为后半生奋斗

殊不知，后半生

都在为前半生收官

这就是为什么光阴

非要掰成两瓣儿

才能进化的理由

既然三十年后的祝福

又有了新的地址

如果要把地球缩小到

可以握手的程度

只能靠我们自己

那就，用心语

去煮酒吧

有些自己会忘记的，别人不会忘记

有些别人会忘记的，自己不会忘记

重逢，就是我们各自要把

会忘记的

与不会忘记的

都，切得

再次整齐

而那些，需要离别才能领悟的

真的要读懂

依然

要靠

重逢

因为清华

重逢，不醉不还

离别，不还不醉

33 再见

Farewell

因为清华

情义不惧东逝水

长使岁月致青春

有一种再见，是结束；有一种再见，是礼节；还有一种再见，是心愿。

语言的疆域，虽然没有边界

也不是什么，都能说得出来

我很庆幸

能在时光的隧道里

遇见了你

也遇见了

该遇见的我自己

后来，你又去遇见别的人

我也要去遇见

该遇见的人

诗人说，遇见

绝非偶然[1]

我说，再见

并非必然

我会把我和你的

遇见，轻轻埋在

今夜的月光里

既非偶然

也非必然

仅仅是，我不想

和你的那点擦痕

再有别的人模仿

1　语出现代诗人徐志摩："此生遇见，绝非偶然。"

有的岁月，我们

需要一次泪洒

证明不是什么

都并非永恒

可每一次的证明

都是一次

旧事重提

有的场合，我们

需要一次握手

证明不是什么

都并非陌生

可每一次的证明

都是一次

老生常谈

有的季节，我们

需要一次微笑

证明不是什么

都并非遥远

可每一次的证明

都是一次

信誓旦旦

有的日子，我们

需要一次感动

证明不是什么

都并非孤单

可每一次的证明

都是一次

画地为牢

什么都可以证明

而你把你的影子

留给了我

让我，拿什么证明

我留给你的

就不是影子

是一教

是二教

是三教

抑或后来的

四教、五教、六教……
唯一能慰藉我的
依然是，那一回头的
人海茫茫

影子，只不过是思念的速写
还是各自都把影子收回去吧
再多的影子也叠加不出来
一次紧紧的握手
或一次轻轻的握手
会怎样握见
该怎样握别

请别跟我说，去过荷塘
也别跟我说，去过学堂

要知道，校河两岸的垂杨柳
都会说话
还会喊疼

同学，我不想对你说
一路平安

其实，是我

不想说

再见

既然，对你说了

一路平安

我只想请你

别忘平仓

再见

同学，我还想请你

千万千万千万

不要把距离

折算成时间

因为那只能会让

信鸽，飞进光年

天干，就是水的，甲乙丙丁

地支，就是木的，子丑寅卯

仍将牵起手来拉风

我们的下一次重逢

不管会怎样地迟来

都

值得尊重

因为清华

情义不惧东逝水

长使岁月致青春

蒹葭苍苍，白露为霜。
所谓伊人，在水一方。

——《诗经·蒹葭》

附一： 清华印

吴鹤立古诗词选

Tsinghua Seal

自强不息、厚德载物的烙印

行胜于言、知止于真的痕印

百年一叶、同方一魂的足印

子曰：

　　兴于诗，立于礼，成于乐。

——《论语·泰伯》

七绝　上清华

　　庚子年父亲节，回想 1983 年从湖北考入清华，收到录取通知书相告父母之时的情景，有感而发。

劝君莫羡众人夸，

侧耳过庭犹在家。

最是堂前难忘事，

躬身相告上清华。

注： 平水韵。

　　过庭，出自《论语·季氏》，孔鲤"趋而过庭"，其父孔子教训他要学诗、学礼。后以"过庭"指承受父训或指父训，亦喻长辈的教训。

七律　回清华

　　2018 年暑期，故地重温，夜行至水木清华，月光下的湖面布满浮萍和碧荷。面对那份宁静，不禁往事连连，有感作七律以志。

华木临池钓夜光，

萍踪追月斗荷忙。

千回梦到千回醉，

一阵风还一阵香。

小径平涛通玉宇，

情天接碧出琼浆。

林中叠影惊飞鸟，

前度吴郎望学堂。

注： 平水韵。

学堂，指清华学堂，在水木清华的东南方向。

七律　吟清华

2011 年返回母校参加建校 100 周年庆典活动，有感作七律以存念。

藤影荷风万里长，

行知相济在同方。

杏坛春驻千秋事，

领秀水清三亩塘。

砥砺不辞求面壁，

西东无问饮风霜。

气高可揽九天月，

直上云霄衍紫光。

注： 平水韵。

同方，同方部为清华早期的礼堂。

三亩塘，代指荷塘，借喻杏坛一隅。

砥，细腻的磨刀石。

砺，粗糙的磨刀石。

九天月，毛泽东《水调歌头·重上井冈山》："可上

九天揽月，可下五洋捉鳖。"

紫光，清华校花为紫荆。

五言　醉清华

　　偶忆起清华时期的学生生活，有感而发，作五
言以抒怀。

清华何所醉，

醉在归来时。

往事知多少，

花开有几枝？

春动天将晓，

情幽月已知。

心虽怀尺素，

每每语迟迟。

注：平水韵。

十六字令　忆清华

天！

欲断青丝两鬓间。

心依旧，

只可改容颜。

注：词林正韵《钦定词谱》，又名《苍梧谣》《归字谣》。

满江红

望眼凭栏，
天长有、飞花晴雪。
人不改、隔空相问，
紫荆时节。
俯首才吟从别后，
回眸又近荷塘月。
枉凝眉、何处是高楼，
心声切。

话庚子，
真似铁。
灯入夜，
终无歇。
看燕山麓野，
满庭芳绝。
一院春风争化雨，
百年足迹关山阅。
向苍茫、举步再凌云，
旌旗猎。

注： 词林正韵。

步岳飞《满江红》韵。

七绝　问崔颢

　　庚子年，时逢湖北新冠疫情，创作歌曲《爱生爱　心连心》。回想起清华一年级暑假，取道武汉，与在汉同学一聚，首次登上黄鹤楼的情景，有感而发。

莫言黄鹤去无终，

敢问此楼何处空。

不让长江天际水，

尽收岸上故乡风。

注： 平水韵。

　　崔颢诗云：

　　昔人已乘黄鹤去，此地空余黄鹤楼。

　　黄鹤一去不复返，白云千载空悠悠。

　　晴川历历汉阳树，芳草萋萋鹦鹉洲。

　　日暮乡关何处是？烟波江上使人愁。

七律　读厉以宁先生七律有感

　　清华毕业后，到北大经济学院读研。我的导师厉以宁先生，不仅是一位经济学家，也是一位诗人。近日读先生从图书馆借得王沂孙《碧山乐府》所作七律，有感而发。

北望燕园杂草生，

鱼洲唱晚事农耕。

桃李成蹊归正传，

烟云过眼任人评。

明辨因由推股份，

饱尝翰墨论均衡。

执鞭不忘忧时弊，

苦抱琴心剑胆情。

注： 平水韵。

　　鱼洲，指江西鲤鱼洲农场。

　　推股份，指先生致力中国股份经济理论的成就。

　　论均衡，指先生所著《非均衡的中国经济》。

七律　荷塘月

　　2015 年秋月夜，携妻女至清华荷塘，适逢中秋佳节，有感荷塘清幽而作。

荒岛秋深落叶红，

灯稀柳暗鸟朦胧。

晗亭依旧无声在，

醉眼临漪到夜风。

月映今宵中国结，

情移此刻广寒宫。

天涯过客身千异，

一份乡愁尽相同。

注： 平水韵。

荷塘，清华近春园遗址，又称"荒岛"。

晗亭，位于清华园荒岛上，为纪念吴晗而建，"晗亭"二字为邓小平所书。

中国结，一种包含中国文化风韵的传统编织品。

广寒宫，传说中嫦娥居住的地方。

相，此处读四声，意选择。

七律　荷塘雪

　　是年大雪落幽园，银装素裹，兴之所至，欣然前往荷塘赏雪，有感作七律。

时逢雪瑞兆晗亭，
为谢清白举步轻。
咫尺荷塘三百米，
千般醉态半天行。

一香假寐残荷在，
万朵梨花彻夜明。
风渡冰凌声已涩，
何愁曲水不青萍。

注：中华新韵。

捣练子　西望月

　　值抗日战争首个国家公祭日，感日寇侵华，清华南迁昆明，与北大、南开一起组建国立西南联合大学，填《捣练子二首》。

（一）

华北恨，

雁成行。

南下昆明敌寇狂。

为让山河还锦绣，

书桌无放又何妨。

（二）

西望月，

野茫茫。

不负韶华在一堂。

纵使茅庐徒四壁，

断碑依旧傲残阳。

注：《白香词谱》，词林正韵。

　书桌无放，清华学生语："华北之大，已经安放不
得一张平静的书桌了。"

　茅庐，指日占华北时期，清华、北大与南开组建的
国立西南联合大学校舍。

　断碑，清华"三一八"烈士纪念碑。

虞美人

乙未年暑期，携妻女自重庆乘游轮再次过三峡。
回想清华三年级时，参加校团委组织的赴湖北暑期
考察团一行首次过三峡的情景，有感新、老三峡之
景色，填《虞美人》。

瞿塘高峡辞神女，

一路东归去。

关山大坝截行云，

敢叫泄滩不泄、挽澜人。

兵书宝剑今安在？

两岸村烟改。

未闻猿啼到南津，

但见浪淘前浪、出江门。

注：词林正韵，《钦定词谱》李煜体。

泄滩，三峡险滩名。

挽澜人，指世代与长江风浪搏击的勇士，也指敢于
战天斗地的中华儿女力挽狂澜，截断长江。

兵书宝剑，三峡著名景点，现因三峡工程蓄水被
淹没。

猿啼，出自李白《早发白帝城》："两岸猿声啼不
住，轻舟已过万重山。"
南津，湖北宜昌长江三峡截至的地方南津关。

七律　却话礼堂月明时

　　母校大礼堂特有的方圆结构，每次观之都似有
新意，有感而发。

> 方圆天地一楼中，
> 南北西东各不同。
> 相见欢来兴旧雅，
> 飞花令至又东风。

> 书山有路千重雾，
> 明月无声万里空。
> 玉汝于成非自诩，
> 苍烟可度影相丛。

注：平水韵。

相见欢，词牌名。

飞花令，古人用诗词行的一种酒令。

玉汝于成，出自《诗经·大雅·民劳》。

云

——寄海外一友人

摘下一片云，

送你做书签。

诗在云深处，

天涯不孤单。

只闻天亦老，

哪有云不还。

流年如逝水，

莫叹成云烟。

云高借风起，

梦回清华园。

踏莎行　咏荷

2018 年盛夏入清华，途经荷塘，正值满塘婀娜、清香阵阵，有感填《踏莎行》以抒怀。

莲子悠悠，
摇红点点。
不争天下群芳艳。
污泥虽有葬花心，
露珠滴翠无尘染。

众说冰清，
可惜味淡。
此香一出千香黯。
问君何物比芙蓉，
古今墨客留遗憾。

注：《钦定词谱》晏殊体，词林正韵。

七绝　咏梅

庚子年，新冠疫情肆虐，逢清华校友期刊《水木清华》征集校友诗作，身为湖北籍校友，有感武汉市花梅花而作。

（一）

平野争涛三镇分，

楚风催老汉阳门。

忽如一日成梅子，

抱定终生苦沁春。

（二）

梅花点点动乾坤，

无意争春满眼春。

为竞霜天才傲雪，

不雕纹饰只雕心。

注： 平水韵。

三镇，指湖北武汉因长江与汉水交汇形成的汉口、汉阳和武昌三镇。

汉阳门，地名，位于武昌古城的长江码头，因与汉阳隔江相望而得名。

七绝　咏莲

　　2020年初夏，清华诗友相邀一聚，共叙母校之旧情，忆清华荷塘，作七绝以存念。

荷花映日在根深，
得月平添夜色亲。
疏影满池争宠尽，
清风依旧认莲心。

注： 中华新韵。

七律　别怀安

　　丙申年丙申月，携妻小赴西安，有感清华同窗吕怀安先生的盛情款待，临别之际，作七律执念。

雁塔风轻灯火远，
古城墙下谢怀安。
不争白发知多少，

却话烟云过故园。

两耳余音非夜语，
一轮弯月是何年？
悲欢无意催人老，
只怨多情问旧颜。

注： 中华新韵。

　　雁塔，指西安大雁塔。

　　古城，指西安城。

水调歌头　学生会

　　2019 年深秋，作为清华第二十六届学生会成员代表，返校在主楼参加纪念清华学生会成立百年座谈会，填《水调歌头》致贺。

庚子祭年起，
古月晓零烟。
洞开文理兼守，

薪火日相传。

只向知真格物，

不为功名求是，

春色俏争先。

弄影有生气，

无悔许河山。

学生会，

多少事，

在窗前。

寒霜几度，

灯下难忘夜阑珊。

时过境迁何叹，

辈出新风而已，

据此又心宽。

一百年稍逊，

秋水共长天。

注：《钦定词谱》苏轼体，词林正韵。

　　庚子，指清华学堂的设立与庚子赔款有关。

　　古月，源自清华古月堂。

七律　贺中秋

　　毕业 30 周年的中秋之夜，回想起在圆明园度过入学第一个中秋之夜的情景，有感而作七律贺中秋。

圆明园里有瑶池，

未见吴刚折桂枝。

玉兔临空情未了，

乡愁对酒夜来迟。

同舟踏浪三生幸，

青涩齐眉一片痴。

望断天涯秋水色，

年年总是月圆时。

注： 平水韵。

瑶池，圆明园福海的别称。

玉兔，代指月亮。

七律　再贺中秋

依毕业 30 年《贺中秋》的原韵，于次年中秋再作七律贺中秋。

年年皆有中秋夜，
岁岁难寻聚散时。
微信频频终觉浅，
荷塘寂寂却相思。

晓窗一度争高下，
执手千言恨别离。
又是孤樽空对月，
清风笑我有谁知。

注：平水韵。

七绝　夜话一号楼

丙申年丙申月乙丑日，正值暑期，夜返清华。行至一号楼前，到处空空寥寥，但学生时代犹在眼前，不禁感慨万千。

楼外来人非是客，
虫声渐起入帘栊。
云烟满目随风去，
唯见窗前小树丛。

注：平水韵。
小树丛，指一号楼南侧宿舍窗前的一片葱郁小树林。

七律　清华女生赞

我一直很钦佩考入清华的女生，尤其是很多枯燥的理工类专业，都不乏优秀女生的身影。她们的存在，让清华更多姿多彩，有感作七律。

何来恨不女儿身，
缘在清华地势坤。
欲问群芳真本色，
无闻红袖让纶巾。

虽言前路有芳草，

犹指窗寒成比邻。

可叹荷塘风定后，

才知月色是媒人。

注： 中华新韵。

水调歌头　劝退风雨洗留芳

2019 年在清华诗词群里获悉刘芳同学已赴美多年，深有白驹过隙之感，填《水调歌头》。

望眼追云去，

又见那秋黄。

空晴皓月，

夜幕难降怨灯光。

今自闲来信步，

还是学堂故我，

不吝紫荆香。

但等铃声起，

孰可比流长。

新斋静，
人何往，
谢红墙。
爬藤犹在，
劝退风雨洗留芳。
一纸催行他国，
卷走巴山素裹，
早已越重洋。
愿借三分涩，
择日再同窗。

注：《钦定词谱》毛滂体，词林正韵。

新斋，原清华西区的女生宿舍，褐红的砖墙上布满
了爬藤。

七绝　问君

2020年初春，大地回暖，新冠疫情尚在，不禁
顾念各位同窗旧友，甚为感慨。

冯唐可叹在于心，

今借疾风欲问君。

定是早知天亦老，

才留岁月不青春。

注： 中华新韵。

冯唐，典出"冯唐易老"。

天亦老，出自唐·李贺《金铜仙人辞汉歌》："衰兰
送客咸阳道，天若有情天亦老。"

五言　梅贻琦

2019 年清华已故校长梅贻琦先生诞辰周年纪念
日，有感而发作五言。

桃李漫天涯，

耕深吹尽沙。

虚怀追日月，

若水入清华。

烽火连三校，

贻梅成一家。

铭言依旧在，

何处不飞花。

注：平水韵。

若水，"上善若水"，老子语。

三校，指组成西南联大的北大、清华和南开，由梅
贻琦先生出任校务委员会主席。

贻，意为留下。

铭言，指梅贻琦先生语："所谓大学者，非谓有大
楼之谓也，有大师之谓也。"

踏莎行　青春无悔此园中

2018 年，1983 级毕业 30 周年庆典活动在新落成
的清华学堂举行。海内外同学齐集一堂，可以说是
自毕业以来同学相聚人数最多的一次，有感填《踏
莎行》存念。

五载同窗，

一生梦萦。

忽闻三十周年庆。

与君偷得几分闲，

归期未定心先定。

闻道同方，

风骚各领。

鬓霜不改声相应。

青春无悔此园中，

今身何叹知天命。

注：《钦定词谱》晏殊体，词林正韵。

鹧鸪天　岁月无痕心有痕

2018 年初夏，毕业 30 年返校相聚之后不日，同班同舍叶茂同学因病不幸辞世。噩耗传来，震惊悲痛之余填《鹧鸪天》致哀。

往事拨云次第新。

同声同气出同门。
卅年校庆才三日，
从此举杯少一人。

抬望眼，泪沾巾。
青春作古恨成真。
人生回首如相问，
岁月无痕心有痕。

注：《钦定词谱》晏几道体，词林正韵。

七绝　涛声依旧

　　2020 年清明，因新冠疫情，清华校庆改为网上举行，但诸位校友同仁的那份母校情怀并未有丝毫减退，有感而发。

盼我归来是学堂，
涛声依旧话同方。
遣词入网所何事，
只愿紫荆朵朵香。

注： 平水韵。

长相思　醉清尘

　　庚子年初，收到清华同学寄来的茶叶醉清尘，有感同学之情填《长相思》。

　　　　　　日添尘，
　　　　　　岁留尘，
　　　　　　笑看故园有旧尘。
　　　　　　已然让后尘。

　　　　　　破红尘，
　　　　　　醉清尘，
　　　　　　未见功名可洗尘。
　　　　　　心宽在简尘。

注：《白香词谱》，词林正韵。
　　　简尘，源自老子语"大道至简"。

五绝　清华人

2010 年返校游览新清华学堂，清华学人的风范历历在目，可谓群星璀璨、大师云集，有感而发。

风清草木华，
水急浪淘沙。
德厚修为远，
心渊出大家。

注： 平水韵。

清华红

清华的秋色很美，有荷残之美，有杏黄之美。窃以叶红之美为最，有感而发。

秋送一片红，
我采一叶红。
一年一遍红，
一生一点红。

相见欢　清华简

　　清华学堂的设立与庚子赔款有关，今庚子年又
至，有感而发填《相见欢》。

　　　　　　峥嵘岁月从容，
　　　　　　挽长弓。
　　　　　　点点无眠灯火、欲雕龙。

　　　　　　又庚子，
　　　　　　猛回首，
　　　　　　问苍穹。
　　　　　　焉有成蹊桃李、不秋红。

注：《钦定词谱》薛昭蕴体，词林正韵。

五言　清华风

　　2017年秋返回清华，一路所见校园较当年在清
华求学时变化之大，令人欣喜，有感而发。

堂上清风起，

窗前林语纯。

佳人怀蕙质，

才子乐耕莘。

柳岸烟波静，

荷塘月色新。

百年多挺秀，

四海有同仁。

注： 平水韵。

耕莘，《孟子·万章上》载："相传伊尹未遇汤时，
耕于莘野，隐居乐道。"又见南宋魏了翁《送从子
令宪西归》："须知陋巷忧中乐，又识耕莘乐处忧。"

五言　清华魂

　　在 23 位共和国"两弹一星"功勋科学家中，有
14 位是清华人。此外，还有众多的清华人为"两弹
一星"默默奉献过，同样会被载入共和国的史册。

值母校110年华诞，作五言礼赞参与"两弹一星"工程的清华人。

两弹锁苍茫，
一星封海疆。
仰天拔剑起，
平地射天狼。

身许青春在，
功成国祚强。
清华多壮士，
风雨付沧桑。

注：中华新韵。

清华印
——赋清华建校110周年

一枚由自强不息、厚德载物的烙印作为阴文，行胜于言、知止于真的痕印为阳文，百年一叶、同方一魂的足印为方寸的铭章，就是我心中的清华印。

（上）

西山之麓，
往事钩沉。
水清木华，
曲幽径深。

庚子之祭，
砥砺同仁。
难酬蹈海，
求索经纶。

华北危起，
救亡图存。
烽烟在侧，
班荆论衡。

西南爝火，
光熙蓟门。
更始气象，
守学弥惇。

两弹一星，
莽我昆仑。
斩棘之处，
执锐之人。

（下）

荷塘月色，
风清露润。
不为斗米，
代代同音。

自强不息，
学子莘莘。
闻亭晚钟，
洞穿北辰。

厚德载物，
人文日新。
行胜于言，
知止于真。

钟灵毓秀，
卓尔不群。
继往开来，
再奏雄浑。

从我做起，
天道酬勤。
百年一叶，
同方一魂。

注： 班荆，出自《左传·襄公二十六年》：“伍举奔郑，将遂奔晋。声子将如晋，遇之于郑郊，班荆相与食，而言复故。”

爝火，出自《庄子·逍遥游》：“日月出矣，而爝火不息；其于光也，不亦难乎！”西南爝火借指清华西南联大时期。

守学弥惇，出自《国语·晋语四》：“文公问元帅于赵衰。对曰：‘郤縠可，行年五十矣，守学弥惇。’”

五言　致宗恺

毕业后与宗恺同学多年不见，再次相见依然如故，有感而发。2021 年 6 月，作于《因为清华》交付印刷之际。

同在一门中，
荷塘带雨浓。
话虽三两句，
心已万千重。

我本轻狂客，
君操点卤功。
人间多少事，
亦梦亦相逢。

七绝　水木清华听雨声

你是否正在远离林间泉下的清音，你是否正在淡忘人间眉梢的清音。长风非自许；野鹤出清音。

其一　贺《清华校友通讯》复刊四十年

值《清华校友通讯》复刊四十周年，有感而作。

> 弹指复刊四十年，
> 不知多少字成铅。
> 每逢通讯如期至，
> 即上高台放纸鸢。

注：平水韵。

其二　致故乡房县第一中学

欣闻故乡房县第一中学收藏《因为清华》，辛丑年中秋有感作七绝存念。

> 心潮印月扁舟子，
> 千里乡愁今夜澄。
> 黄酒论壶君莫问，
> 穆清一片出房陵。

注：平水韵。

根据《大雅·烝民》："吉甫作诵，穆如清风"，1783年设立房县"穆清书院"，1938年设立房县"穆清中学"，今房县第一中学。

其三 致母校郧阳第一中学

辛丑年冬，作于向母校郧阳中学赠送《因为清华》之际，并撰长联以存念。

嘉靖风残犹照壁，
乡关书院向阳开。
郧山虽让蓬山远，
欲睹苍茫自此回。

注：平水韵。

明嘉靖二十六年创立郧山书院，清光绪二十八年改称郧阳府中学堂，历经省立郧山中学、省立第八高级中学、郧阳一中等，今为湖北十堰市郧阳中学。
蓬山，传说中的仙山。

附《题郧阳一中》（长联）：

汉水苍苍，风融化雨，甘守寒窗竟日晖，欣闻四百余年不辍。书院拾英，讲台三尺，于无声处观畴，三迁三建繁桃李。然然然，神农架下闻钟早，善哉！烟波翘楚总关情，有容乃大。

新潮莽莽，气爽听涛，苦争黉宇同春在，喜看千秋之业方兴。郧山集萃，学甲一方，图破壁时放眼，一叶一裁怀匠心。叹叹叹，点将台前接踵来，知否？妙手催青孰领秀，舍我其谁。

其四　致荆州沙市第一中学

沙市一中是家母的母校，辛丑年深冬赠《因为清华》并作《新沙赋》以志。

> 遍寻江野向天问，
> 何处一中托素晖。
> 喜看新沙麾下炽，
> 熏风高柳彩云飞。

注: 平水韵。
沙市一中是湖北省省属重点中学之一，该校由美国教会组织圣公会创办于 1936 年，解放后曾为新沙女子中学。
素晖，出自北宋·陈师道《十五夜月》: "向老逢清节，归怀托素晖。"

附《新沙赋》：

辛丑年，值清华一百一十之华诞，著《因为清华》。因家母所系，遂自京都寄赠其母校新沙女子中学，即荆州沙市第一中学，春成此赋，辞曰：

盖荆州者，故楚郢都，三国遗址，渐起新庐。柳浪拂堤，扼巴蜀之南通；荆江岸悬，阻洞庭之北还。雁落晴沙，凡居正者无忘社稷；枫丹唱晚，又思齐兮栉比前瞻。

新沙女校，教会肇始，及至开元，改弦更张。春无暇日，夏近北辰，秋丰胜饯，冬眄中天。凤翅逸凡，心兰若蕙，霞帔书香，地迥烟华一脉；清池桂殿，髦隽惊鸿，蕶飞闿绣，天渊并骛三荆。济长风、岂效前辕，去旧馆葳蕤，开篇乍暖寒江雪；筹细雨、壮怀锦绣，惜光熙之笔，雕栋临空穆楚云。

吾乃一介书生，半文半理。然文不通达，其情戚戚；理难独善，其憾昭昭。既为人子，亦为人父。奉孝提篮虽外朗，鲜见叼陪在左；劝学华发且偷生，乏无鲤对于庭。年高心愈静；母在子犹娇。

嗟夫！家为国之初，民为国之大。无国之大者，何以焕山河。或曰："居庙堂之高则忧其民，处江湖之远则忧其君。"父为人之尊，母为人之大。无人之大者，何以走天下。有感斯言：父训如铁在于真，母爱无声在于心。

　　君不见：

　　　　　　新沙豆蔻情犹在，

　　　　　　无尽乡愁向隅浓。

　　　　　　东逝长江非自去，

　　　　　　唤儿膝下取同风。

其五　北京汇文中学

　　毕业于清华的两院院士，竟有 11 位之多来自北
京汇文中学，颇为感慨，作七绝。

　　　　　　百年名校百年声，

　　　　　　合璧东西执耳行。

　　　　　　为与长天争泛海，

　　　　　　千帆竞渡汇文清。

注： 平水韵。

　　北京汇文中学始建于 1871 年，前身是美国基督教
　　会的"蒙学馆"，1952 年改为北京市第二十六中学，
　　1989 年复称"北京汇文中学"。

其六　恭贺老校长王大中先生

闻清华老校长王大中院士以高温气冷堆之成就获国家最高科学技术奖，欣喜之余而作。

身躬热核晓长春，
尽显清华杏色真。
几度高温犹气冷，
一肩道义大中人。

注：平水韵。

热核，核物理概念。

几度高温犹气冷，源自高温气冷堆。指面对荣誉从容不惊、气闲神定的人格魅力。

中，指中华或中国。

其七　自述

《因为清华》作为清华建校 110 年校庆图书出版，有感而作。

我乃山乡愚少年，

清华得遇属机缘。

五年风雨五年景，

一寸光阴一寸天。

其八　京都秋深

《因为清华》出版后，备受鼓励和支持，作七绝以慰。

京都又见野茫茫，

阶上云台秋已黄。

落日霞舒千纸鹤，

随风宁影半城长。

注：平水韵。

其九　清华春早

辛丑年初春，新冠疫情之下，作于清华漫步途中。

残雪消融道晚情，

弃车移步踏莎行。

探春菡萏始尖角，

水木清华听雨声。

注：平水韵

菡萏，未开荷花的别称。

附二： 清风引

吴鹤立原创歌曲选

The Prelude of Fresh Wind

言，为心声

乐，为心音

闲云野鹤逍遥曲

剑胆琴心自在风

诗言志，歌永言，声依永，律和声。

——《尚书·舜典》

大学生之歌

大学是青春的驿站，大学是知识的殿堂，大学是希望的田野，大学是未来的视窗。

1=E 4/4

吴鹤立 词曲

中速稍快 轻松、愉快地

```
5  6 5  -  | 2  1 6  6  -  0 3 5. 3 2 1 6 | 3 2 1 3 2  -  |
1.同  学,    同     学,      请 不 要 问 我  来 自 何 方,
2.同  学,    同     学,      请 不 要 问 我  去 向 何 方,

5 5  2 3. 2 | 3  5 6 5  -  | 6. 5 3 5 | 1 1  5 6 5  |
让 我 们 欢 聚 一    堂。    今 天 绽 放 青 春 的 光 芒,
让 我 们 迎 着 朝    阳。    今 天 走 进 知 识 的 殿 堂,

5. 6 3 5 | 6 6  3 2 3 | 1  -  -  | 3. 1 2 6 | 5  -  6. 5 |
明 天 要 做 祖 国 的 栋  梁。    从 我 做 起,  珍  惜
明 天 走 上 人 生 的 考  场。    开 创 未 来,  不  息

3 5 2  -  | 1. 6 3 | 6. 5 3 2 0 | 2. 1 3 6 |
时 光。    振 兴 中 华, 勇 于 担 当。  坚 定 如  山,
自 强。    与 国 同 行, 并 肩 向 上。  智 慧 如  云,

5 5  0 2. 3 | 1  -  -  | 1. 2 5 | 6 6  5 3 |
我 们 起  航,      起  航, 起  航, 我 们 起
我 们 飞  翔,      飞  翔, 飞  翔, 我 们 飞

2 - 1 - | 1 - - - | 1 1  5. 3 | 5  - - - : ||  6 6 3 5. 3 | 3 6 7 6  -  |
航,     我 们 起   航。   让 我 们 播 种 希    望,
翔,     我 们 飞   翔。

5 5  2 3 2 4 3 | 2  -  6 6 4 5 | 3  -  6 5 3 6 1 | 6 - - - | 4 - 3 2 |
让 我 们 收 获 梦  想。 我 们 起    航, 我 们 飞  翔,     飞 向

1 - 7 - | 6 - - - | 6 - 0 0 | 3. 1 2 1 6 | 1 - - - ||
远     方,       远       方。
```

注：原载于音乐专业期刊《黄河之声》

中国黄

　　黄土黄、黄河黄，是炎黄子孙印在脸上、烙在心上，永远不改的中国黄。

1=E $\frac{2}{4}$

中速　自由、奔放地

吴鹤立 词曲

（伴唱）黄土黄，　黄河黄，　黄土黄，　黄河黄，　黄河黄，　黄土黄，

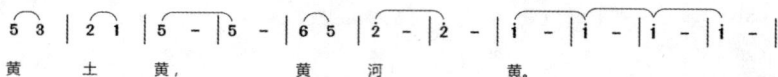

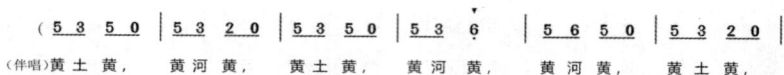

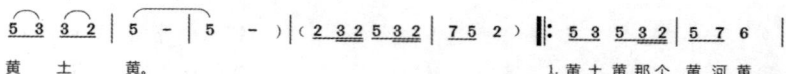

黄土黄。　　　　　　　　　　　1. 黄土黄那个 黄河黄，
　　　　　　　　　　　　　　　2. 黄河黄那个 黄土黄，

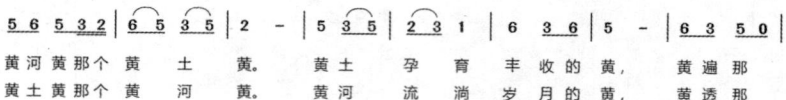

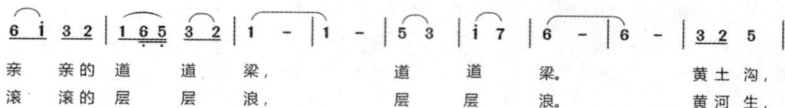

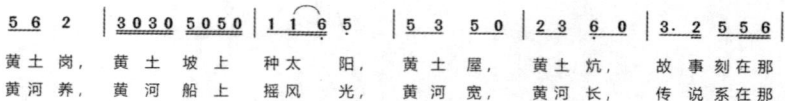

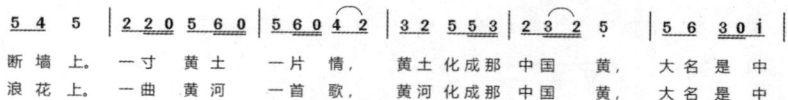

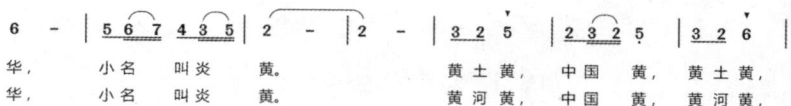

黄河黄那个 黄土黄。　黄土 孕育 丰收的黄，黄遍那
黄土黄那个 黄河黄。　黄河 流淌 岁月的黄，黄透那

亲 亲的道 道 梁，　道 道 梁，　黄土沟，
滚 滚的层 层 浪，　层 层 浪，　黄河生，

黄土岗，黄土坡上 种太阳，黄土屋，黄土炕，故事刻在那
黄河养，黄河船上 摇风光，黄河宽，黄河长，传说系在那

断墙上。一寸黄土 一片情，黄土化成那中国 黄，大名是中
浪花上。一曲黄河 一首歌，黄河化成那中国 黄，大名是

华，小名 叫炎黄。　　　　　　黄土黄，中国 黄，黄土黄，
华，小名 叫炎黄。　　　　　　黄河黄，中国 黄，黄河黄，

i 6 5 | 6 0 5 2 3 0 | 1 2 1 5 6 | 5 6 1 3 2 | 1 - | 1 -: ‖ 5 3 5 0 |

中国黄， 印 在 脸 上， 溶进 血脉， 不 改 的 中 国 黄。　　　　黄 土 黄，

中国黄， 烙 在 心 上， 融进 生命， 不 改 的 中 国 黄。

2 3 1 | 7 6 5 0 | 2 i 7 | 6 - | 6 - | 2 3 1 | 5 · 6 · | 2 1 3 |

中 国 黄， 黄 河 黄， 中 国 黄，　　　　　　印 在 脸 上， 烙 在 心

2 - | 3 1 6 · | 3 2 1 | 3 5 | 6 i | 5 - | 5 - | 2 - | 1 6 · 2 6 · |

上，　永 远　不 改 的 中　国　黄，　　　　不　　改 的 中 国

1 - | 1 - | 2 - | 1 6 · | 2 - | 1 6 · | 1 - | 2 - | 1 - | 1 - | 1 - ‖

黄，　　　　永　远　不　改 的 中 国 黄。

中华龙舞

龙舞走天下，龙灯照寰宇，龙乡耀世界，龙风千万里。龙的血脉连着我和你，龙的身躯顶着天和地。

1=G 4/4 2/4

♩=96 热烈、有气势地

吴鹤立 词曲

1.飞龙在天，嘿！卧龙在地，嘿嘿！这是龙的世界，
2.黄龙是我，嘿！火龙是你，嘿嘿！这是龙的天地，

这是奔腾的中华儿女。龙的风采　从神州走
这是欢腾的中华儿女。龙的传说　从远古走

来，阔步是昂首的足迹。龙的长歌向梦想奔去，
来，追逐是希望的接力。龙的神话向未来奔去，

去，图腾是生命的不屈。龙的身躯，顶着天和地。
去，飞腾是奋进的崛起。龙的血脉，舞动我和你。

顶着天和地，舞动着龙的神奇。舞动着龙的神奇，顶着天和地。
舞动我和你，创造着龙的传奇。创造着龙的传奇，舞动我和你。

嘿嘿嘿　嘿嘿咿嘿　嘿　嘿　嘿　嘿　嘿嘿咿嘿嘿

嘿嘿嘿　嘿嘿咿嘿　嘿　嘿嘿嘿　嘿嘿　嘿嘿　嘿嘿

嘿嘿咿嘿　嘿　嘿嘿咿嘿嘿　嘿嘿咿嘿嘿嘿　嘿嘿　嘿嘿　嘿嘿

X X X | X X X | X X | X - |$\frac{4}{4}$ ($\underline{3 \cdot \underline{2}}$ 3 2 0)| $\underline{5 \cdot \underline{3}}$ 1 $\underline{5}$ 3 0 | $\underline{3 \cdot \underline{2}}$ 6 3 2 0 |

嘿嘿嘿 嘿嘿嘿 嘿嘿嘿　　　　　　　　　龙舞走天下， 龙灯照寰宇，

$\underline{3}$ $\underline{5}$ 0 $\underline{2}$ $\underline{3}$ 6 0 | $\underline{2}$ $\underline{1}$ $\underline{2}$ $\underline{3}$ 2 - | 4 - 1 $\dot{6}$ | 3 - 7 - 6 - - - | $\underline{3 \cdot \underline{5}}$ 2 3 |

龙乡 耀世界， 龙风千万里。 龙 乡 耀 世界， 龙风千万

1 - - - | 2 - 1 $\dot{6}$ | 3 - 5 - 6 5 | $\dot{1}$ - $\dot{1}$ - - - | X X 0 X - ‖

里， 龙 风 千 万 里。　　　　嘿嘿 嘿！

梦黄陵

望断天涯的路，梦回在黄陵，这是一首写给海外学子和海外赤子的怀乡之歌。

1=E $\frac{4}{4}$ $\frac{2}{4}$

中速 沉稳、豪迈、深情地

吴鹤立 词曲

5 3 5 6 2 - | 1 6 6 3 2 - | 3 2 1 0 6 5 3 2 2 0 | 3 2 6 5 6 |

1.你是我的根， 牵着我的心， 薪火相连的血脉， 从古
2.你是中华魂， 赓续中华韵， 人文始祖的长歌， 从古

3. 2 0 1 - | 2 6 6 6 5. 3 | 3 6 6 3 2 - | 5. 6 6 5 3 2 |

传到今。 水是故乡清， 月是故乡明。 望 断天涯的
唱到今。 情是故乡真， 酒是故乡醇。 踏 破四海的

3 - 5 5 3 | 7 6 - - | $\frac{2}{4}$ 5 6 6 5 | 3 2 3 | 2 2 2 7 | 2 7 6 - |

路， 梦回在 黄陵。 干回梦到 干回醉， 干回醉来 干回亲，
浪， 梦回到 黄陵。

6 7 7 6 | #4 3 3 #4 | 5 5 5 3 | 3 2 6 | 5 - 5 - | 5 6 6 5 |

快速

干回亲来 干重爱， 干重爱来 干 重 深。 干回梦到

3 2 3 | 2 2 2 7 | 2 7 | 6 - | 6 7 7 6 | #4 3 3 #4 | 5 5 5 0 3 0 |

干回醉， 干回醉来 干 回 亲， 干回亲来 干重爱， 干重爱来

5 3 1 7 | 6 - | 6 - | 5 6 | 2 3 | 1 - | 1 - : | $\frac{4}{4}$ 2 3 5 6 2 - |

中速

干 重 深， 干 重 深。 你是我的根，

1 6 1 5 3 - | 2 1 1 0 6 0 5. 3 | 1 5 1 5 3 2 | 1 - - - | 5 6 6 5 3 2 3 |

乡愁因你生， 你是中华 魂， 梦里 故 乡 近。 干回梦到干回醉，

2 2 2 7 2 7 | 6 - 6 7 7 6 | #4 3 3 #4 5 5 5 0 3 | 5 3 7 6 - | 1 0 6 5 - |

干回醉来干回亲， 干回亲来 干重爱，干重爱来 干 重 深， 干 重 深，

5 - 6 7 | 2 3 1 - | 1 - 1 6 | 2 1 3 2 | 1 - | 1 - | 1 - ‖

干 重 深， 干 重 深。

爱生爱　心连心

　　面对灾难，顽强、坚韧、拼搏的中华民族在抗争中一路走来，生生不息，可歌可泣。坚定的中国我们爱生爱，古老的中国我们心连心。

1=F 4/4

吴鹤立 词曲

中速稍慢　沉稳、充满深情地

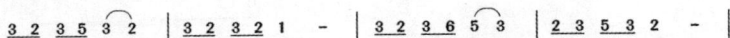

| 3 2 3 5 3 2 | 3 2 3 2 1 - | 3 2 3 6 5 3 | 2 3 5 3 2 - |

1.（女）把手拉起来，　　把爱都带来。　　热血燃起来，　　脚步留下来。
2.（男）把头抬起来，　　把心放下来。　　生命站起来，　　风采留下来。

| 3 2 1 2 3 0 | 2 1 3 1 6 - | 3 2 1 3 2 0 | 3 2 2 3 1 - |

英雄的中国　我们手挽手，　自信的中国，　我们肩并肩。
英雄的中国　我们手挽手，　自信的中国，　我们肩并肩。

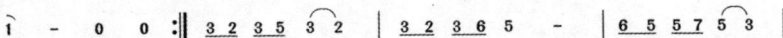

| 1 - 0 0 : ‖ 3 2 3 5 3 2 | 3 2 3 6 5 | 6 5 5 7 3 |

（男）把手拉起来，　把爱都带来。　（女）把头抬起来，

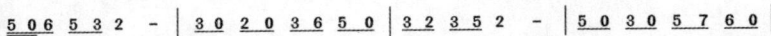

| 5 0 6 5 3 2 - | 3 0 2 0 3 6 5 0 | 3 2 3 5 2 - | 5 0 3 0 5 7 6 0 |

把心放下来。（男）热血燃起来，　脚步留下来。（女）生命站起来，

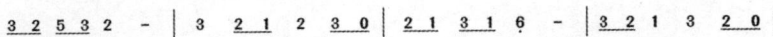

| 3 2 5 3 2 - | 3 2 1 2 3 0 | 2 1 3 1 6 - | 3 2 1 3 2 0 |

风采留下来。（合）坚定的中国，　我们爱生爱。　古老的中国，

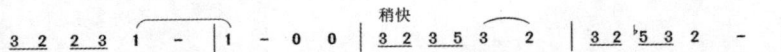

| 3 2 2 3 1 - | 1 - 0 0 | 3 2 3 5 3 2 | 3 2 5 3 2 - |

稍快

我们心连心。　　　（女）把手拉起来，　　把爱都带来。

| 5 3 5 7 3 | 6 7 5 3 2 - | 3 3 0 2 6 5 0 | 4 0 2 5 3 2 0 |

（男）把头抬起来，　把心放下来。（合）坚定的步伐，　向着太阳出发。

| 5 6 5 6 5 0 | 7 6 5 3 1 7 6 | 5 5 3 7 6 5 0 | 6 5 7 6 5 - |

欢乐的日子，　随着胜利到达。　追梦的中国，　我们永向前。

<u>7 6</u> 6 6 <u>5 0</u> | <u>7 6 i</u> <u>7</u> 6 <u>0 7</u> | 6. <u>5 3</u> <u>2 0</u> | 3. <u>2</u> <u>3 5</u> <u>3 2</u> |

伟 大 的 中 国， 我 们 永 不 败。 追 梦 的 中 国， 我 们 永 向 前，

3 <u>2 1</u> 2 <u>3 0</u> | <u>5 3 5 6</u> <u>5 0</u> | 3 2 <u>3 5 3 0</u> | <u>3 2 3 5 2</u> - |

伟 大 的 中 国， 我 们 永 不 败。 （男）热 血 燃 起 来， 脚 步 留 下 来。

5 3 <u>3 6 5 0</u> | <u>3 2 5 3</u> 2 - | 3 <u>2 1</u> 2 <u>3 0</u> | <u>2 1 3 1</u> 6̣ - |

（女）生 命 站 起 来， 风 采 留 下 来。 （合）美 丽 的 中 国， 我 们 在 一 起。

<u>3 2 1</u> 3 <u>2 0</u> | <u>3 2 2 3 1</u> - | <u>2 3 1̣ 6̣</u> 2 <u>3 0</u> | <u>2 1 3 1</u> 6̣ - |

可 爱 的 中 国， 明 天 更 精 彩。 美 丽 的 中 国， 我 们 在 一 起，

<u>2 1 6̣</u> 2 <u>1 0</u> | 2 - 1 6̣ | 1 - 2 3 | 1 - - - | 1 - - - ‖

可 爱 的 中 国， 明 天 更 精 彩。

2020年3月首发于BTV北京时间

同一个世界

　　这是一首冬奥歌曲，龙地龙行龙舞起；虎年虎步虎风生。阳光、富强、开放的中国人民，爱国、创新、包容和厚德的北京。

吴鹤立 词曲

1=F　4/4

♩=96 充满深情而悠扬地

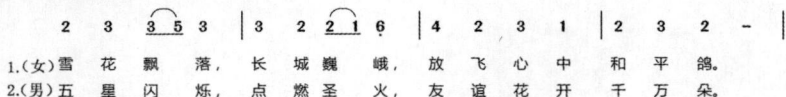

1.(女)雪花飘落，长城巍峨，放飞心中和平鸽。
2.(男)五星闪烁，点燃圣火，友谊花开千万朵。

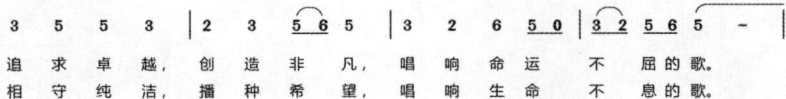

追求卓越，创造非凡，唱响命运不屈的歌。
相守纯洁，播种希望，唱响生命不息的歌。

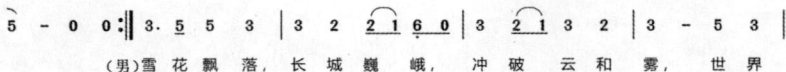

(男)雪花飘落，长城巍峨，冲破云和雾，世界

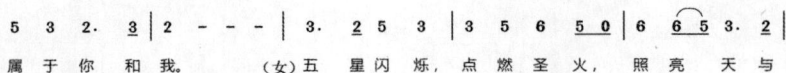

属于你和我。　(女)五星闪烁，点燃圣火，照亮天与

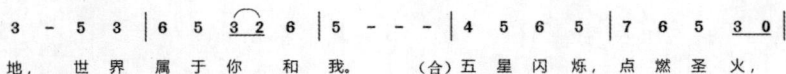

地，世界属于你和我。　(合)五星闪烁，点燃圣火，

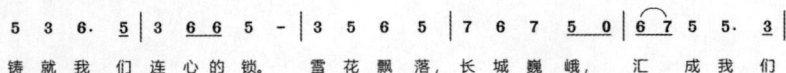

铸就我们连心的锁。雪花飘落，长城巍峨，汇成我们

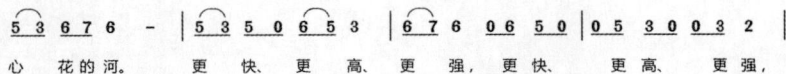

心花的河。　更快、更高、更强，更快、更高、更强，

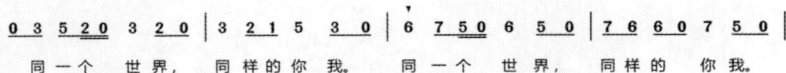

同一个世界，同样的你我。同一个世界，同样的你我。

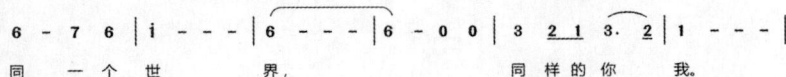

同一个世界，　　　　同样的你我。

```
2 - 3 2 | 1 - 6̣ - | 2 - 1 6̣ | 1 - 2̲1̲1̲6̲ | 1 - - - | 2 - 1 6̣ |
同 一 个 世 界， 同 样 的 你 我。 同 一 个

1 - 6̣ - | 2 1 6̣ - | 1 - - 6̣ | 6̣ - 0 0 | 1 - - - | 1 - - - ‖
世 界， 同 样 的 你 我。
```

注：2022年北京冬奥会开幕之际，首发于人民网人民视频。

港　湾

　　古丝绸之路是中华文明灿烂的历史缩影，今天，中华民族将以更加美好的祝福开启世界新丝路的文明之旅。

1=E　4/4

吴鹤立 词曲

♩=106　深情地

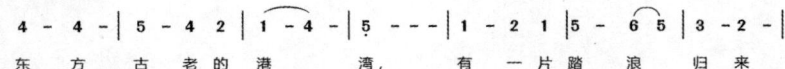

东　方　古　老　的　港　　湾，　有　一　片　踏　浪　归　来

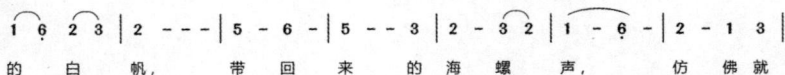

的　白　帆，　　带　回　来　的　海　螺　声，　　仿　佛　就

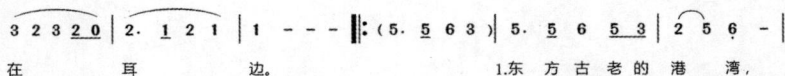

在　　耳　　边。　　　　　　　　　1.东　方　古　老　的　港　湾，
　　　　　　　　　　　　　　　　2.祖　国　湛　蓝　的　港　湾，

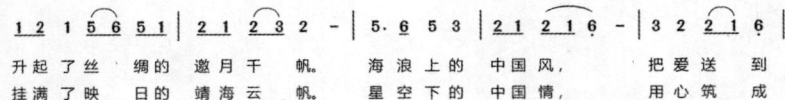

升　起　了　丝　绸　的　邀　月　千　帆。　海　浪　上　的　中　国　风，　　把　爱　送　到
挂　满　了　映　日　的　靖　海　云　帆。　星　空　下　的　中　国　情，　　用　心　筑　成

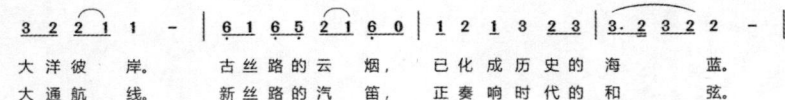

大　洋　彼　岸。　古　丝　路　的　云　烟，　已　化　成　历　史　的　海　　蓝。
大　通　航　线。　新　丝　路　的　汽　笛，　正　奏　响　时　代　的　和　　弦。

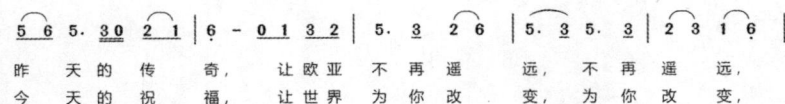

昨　天　的　传　奇，　让　欧　亚　不　再　遥　　远，　不　再　遥　　远，
今　天　的　祝　福，　让　世　界　为　你　改　　变，　为　你　改　　变，

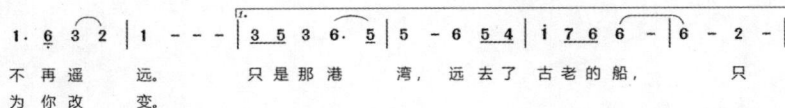

不　再　遥　　远。　　　只　是　那　港　　湾，　远　去　了　古　老　的　船，　　　只
为　你　改　　变。

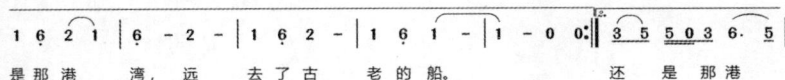

是　那　港　　湾，　远　　去　了　古　老　的　船。　　　还　是　那　港

5 - - | 6̂ 7̂ 5̂0̲ 3̲ 6. 5̲ | 5 - - - | 6 5̲ 4̲ i̲ 7̲ 6 | 6 - - - |

湾，　　　　　就　是　那　港　湾，　　　出　发　了　领　航　的　船，

2̂ 3 1 6̣ | 2 - 1 6̣ | 1 6̣ 1 - | 1 - 1 2̂ | 1 - 6̣. 0̲ | 1 - - - | 1 - - 0 ‖

守　着　我　心　中　的　一　片　蓝，　　　那　一　片　蓝。

太阳 月亮 围龙屋

客家人的围龙屋是中华文明的活化石，围住了爱情、围住了岁月、围住了风光、围住了乡愁。

1=F 4/4

♩=108 欢乐、抒情地

吴鹤立 词曲

美丽的木垒

美丽的木垒，天山北麓的江南。好客的哈萨克、歌舞的哈萨克，阿妈送来了祝福，宽广是阿爸的肩膀，诉说是不息的篝火，情怀是不倒的胡杨。

1=G 4/4 2/4

慢速 深情、悠扬地

吴鹤立 词曲

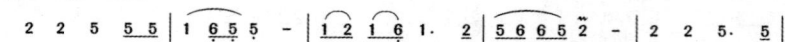

1.天山北麓的风光，就像江南一样。雪莲花的
2.塞外风情的画廊，就像天堂一样。响沙山的

心语 告诉我，这里是骏马驰骋的地方。
牧歌 告诉我，这里是古丽盛开的地方。

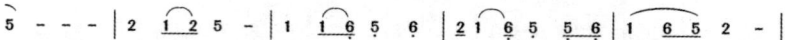

黑水泉 翻滚花浪，刺绣 收藏了吉祥。
冬不拉 琴声悠扬，篝火 照亮了毡房。

诉说留给了岩画，情怀是不倒的胡
阿妈送来了祝福，宽广是阿爸的肩

杨。 美丽的木垒，美丽的木垒，
膀。 美丽的木垒，美丽的木垒，

你秀丽的风光，靓了岁月，靓了希
你歌舞的世界，辽阔草原，辽阔家

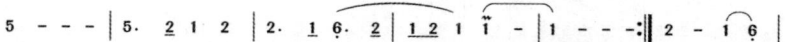

望。 靓了岁月，靓了希望。 辽阔
乡。 辽阔草原，辽阔家乡。

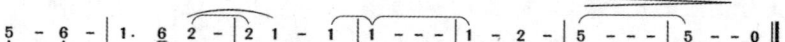

草原，辽阔家乡。 哎 嗨！

注：此歌入选新疆木垒哈萨克组歌，哈萨克人把鲜花称为"古丽"。

美人窝

湖南桃花江边有个"美人窝",相传是女娲补天留下的,炎帝和黄帝因这里的美女太美,决定罢兵息戈,握手言和。先秦屈原流放此地时写下了历史的名篇《天问》和《九歌》。

1=F 4/4

♩=96 亲切、欢快地

吴鹤立 词曲

1. 女娲补天破, 留下美人窝。 月亮路过会害羞, 桃花儿见了落千朵。桃花江,美人窝,最美的是什么? 山美 水美 人最美, 美得炎黄不得不言和。和了你,和了我, 人和家和天下和。和出中华大家园, 和谐桃江好山河, 好山河。

2. 楠竹满山坡, 围住美人窝。 屈原来了当故乡, 拔剑问天对江歌。桃花江,美人窝,最美的是什么? 人美 情美 心最美, 美得道路越来越宽阔。阔了你,阔了我, 心阔梦阔天地阔。阔出桃江大世界, 阔步迈向好生活。

呃啰啰啰啰 呃啰啰, 呃啰啰啰啰 呃啰啰,桃花江,美人窝,山美水美 人最美, 美得炎黄 不得不言和。桃花江,美人窝, 人美情美 心最美,美得 道路越来越宽阔。 阔出桃江大世界, 阔步迈向好生活, 阔步迈向 好生活, 好生活!

美丽的小村庄

美丽的中国有着一个个美丽的小村庄，美丽的小村庄有着一个个美丽的人。

1=G 4/4 2/4

吴鹤立 词曲

中速稍慢 活泼、甜美地

千手千眼的观音

幸运不是凭空等，命运不是天注定，做好准备，相信自己，梦想就会成真。

1=♭G 4/4

中速稍慢 自由、轻快地

吴鹤立 词曲

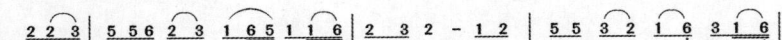

1.千手　千眼的观　音，怀着　慈 悲心，挥动　净瓶杨　柳，祈祷
2.千手　千眼的观　音，你是　自 在神，踩着　莲花宝　座，看惯

人间的安　宁。　请你借我　一双眼　睛，数一数　人间的风　情，
人生的浮　沉。　请你借我　一双眼　睛，数一数　人生的风　景，

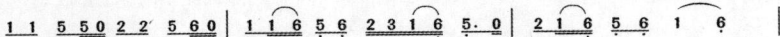

有成有败　才有梦呀，有求　有应才有缘　份。请你　借我 一
有进有退　才有路呀，有舍　有得才有公　平。请你　借我 一

双手，　　摘下　幸运的星　辰，送给　未来，照亮前　程，
双手，　　打开　命运的大　门，走向　未来，一路前　行，

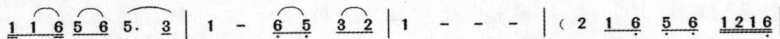

照亮前　程，照　亮 前　程。
一路前　行，一　路 前　行。

我要谢谢　观 音，幸运　不是　凭空等，做好　准备,相信自
我要谢谢　观 音，命运　不是　天注定，珍惜　今天,相信明

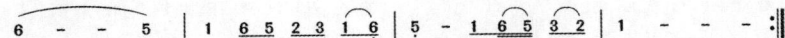

己，　　就会有幸运降　临，幸运　降　临。
天，　　就能够梦想成　真，梦想　成　真，

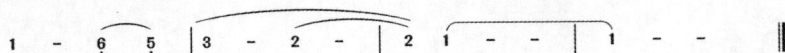

梦　想　成　真。

女儿湖　母亲湖

　　神秘的泸沽湖有神秘的爱情，美丽的泸沽湖有美丽的传说。歌曲表达了爱情的萌动之美、追求之美、淳朴之美和隽永之美。如果说泸沽湖是情人的泪，那么情人岛、情人堡、情人树和情人桥就是情人的歌。

1=G 2/4

中速　轻快、优美地

吴鹤立 词曲

```
3 2 5 1 | 3  2. | 2 1 2 1 3 | 2. 1  6 | 2 3 6 | 3 6 3 1 2 | 1 3 2 ‖
1.泸沽湖  耶,    你是女儿的 湖  哇, 碧 波  是那 柔情的 涟 漪。
2.泸沽湖  耶,    你是母亲的 湖  哇, 三 岛  是那 浪漫的 天 地。

2 - | 2. 2 2 1 | 6 - | 3 1 2 1 3 | 2 - | 3 1 6 | 3 0 1 2 2 1 ‖
      格姆后 龙   相望的 距   离,    是 那   牵 手 的 情
      菠叶海 菜   小花的 旖   旎,    是 那   相 爱 的 心

6 - | 3 0 2 0 2 1 | 6 - | 3 1 2 1 | 6 0 1 | 4 0 2 3 2 3 ‖
趣。  泸沽湖 哟,       情人滩 呀, 有 女 儿 的 神
语。  泸沽湖 哟,       情人树 呀, 有 母 亲 的 回
```

转1=C （前6=后3）

```
4 0 1 0 2 1 | 6 0 2 | 4 0 2 3 2 1 6 | 6 - | 6 3 5 6 5 6 ‖
情人桥  哟,    有 爱情的 传    奇。}  啊 哈 吧
情人堡  哟,    有 爱情的 神    奇。}

i - | i 0 | i 5 6 5 3 5 | 1 0 1 0 | 6 3 5 6 5 6 | i 0 i 0 ‖
啦   啦, 啊 哈 吧     啦 啦, 啊 哈 吧     啦 啦,

i 5 6 5 3 5 | 1 0 1 0 0 | 5 3 5 6 5 6 | i i i 5 | i 0 5 i. 6 | 5 i 5 6 ‖
啊 哈 吧   啦 啦。  一叶扁   舟呀, 你到哪里去 呀,你到

5 3 5 6 | 1 0 | i i 5 6 5 | i 6 5 | i 0 5 0 i 0 5 ‖
哪里去 呀,{ 我要去寻找那 篝火, 找到 篝火旁的
            我要去追赶那 渔歌, 追上 渔歌中的

i. 6 5 0 | i 5 6 5 3 | i 6. i :‖ i 5 6 5 0 3 | i 6 i ‖
你 呀, 篝火 旁的 你 呀。  渔歌中的 你 呀。
你 呀,渔歌 中的 你 呀,
```

千岛湖情歌

（女声独唱）

　　千岛湖既是一座湖的城，也是一座城的湖。人，风光了千岛；千岛，醉了湖。

1=G 4/4

中速稍慢 明朗、优美地

吴鹤立 词曲

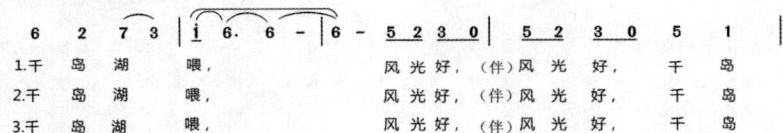

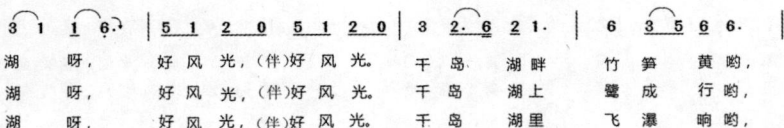

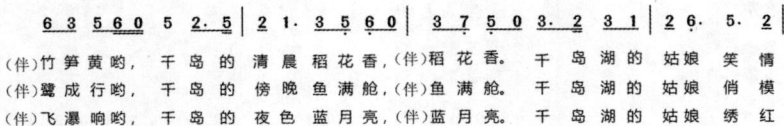

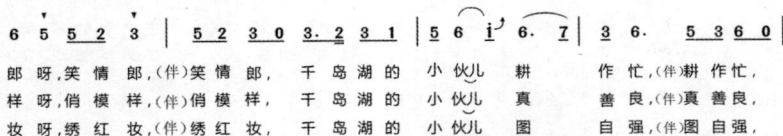

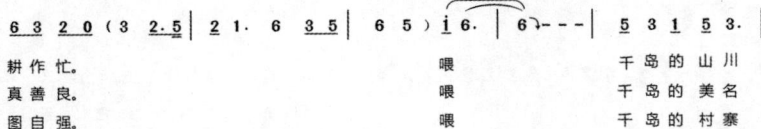

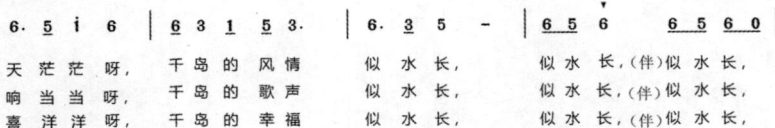

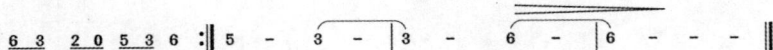

回望爱情

中华民族是追求和美的民族，婚姻是社会和美的基础，歌曲表达了天下美好爱情的相知和相守之美。

1=F 4/4 2/4

中速稍快 深情地

吴鹤立 词曲

5 2 | 5 3 2 1 6 3 5 | 2 - 3 5 2 | 1 6 3 2 6 - | 3 5 3 2 1 |

1. 你 是 天边的一片白 云，带给我 一生清 新。 多 少 年 的
2. 你 是 天涯的一道风 景，带给我 一生永 恒。 多 少 年 的

3 2 6 1 5 - | 2 3 6 2 6 3 2 | 1 - - - | 6. 1 6 6 5 1 | 3 2. 6 1 6 |

风 风雨雨， 有 你就有一扇门。 打开那泛黄的书信，寻找着
日 日夜夜， 有 你就有一盏灯。 凝视你读我的眼神，寻找着

6 5. 3 2 3 | 2/4 2 - 4/4 3 5 3 2 1 6 | 2 3 6 5 3 2. | 2 1 6 3 2. |

曾经的声 音。 可记得那一刻执 你 之手， 一 起 转动
珍藏的青 春。 可想到那一刻与 你 携老， 一 起 盘点

3 5 3 2 2 3 | 1 - - - | 2 3 5 6 4 3 2 0 | 3 5 5 4 3 - | 6 5 4 3 2 5 |

我 们 的 年 轮。 多少年的风雨 我的爱人， 多少年的风雨
我 们 的 爱 情。 多少年的日夜 我的爱人， 多少年的日夜

5 1 0 3 2 6 - | 6. 5 3 5 1 | 1. 6 3 2 1 | 2 6. 3 2 6 2. 1 - |

我 的 爱 人， 只有相知 只有相 知 才 是 金。
我 的 爱 人， 只有相守 只有相 守 才 是 真。

i - 0 0 : ‖ (5 2 5 3 2 1 6 | 2 3 6 -) | 5. 2 5 3 2 | 1 6 3 5 2 - |

你 是 天边的 一片白 云，

1. 6 3 2 1 | 1 6 3 2 6 - | 3 5 5 6 4 3 2 | 3. 6 5 4 3 - | 6 5 4 3 2 5 |

你 是 天涯的一道风 景。 多少年的岁 月 我的爱 人， 多少年的心路

5. 1 3 2 | 6 - 1 6 | 2 3 1 - | 1 - | 6 - 3 2 - 1 - 1 - ‖

我 的 爱 人， 一路同 行， 一 路 同 行。

我要去山里面找神仙

（母子对唱）

这是一首洋溢着童真和童趣又充满母爱深情的母子对唱歌曲。

1=G 4/4 2/4

吴鹤立 词曲

♩=86 活泼、深情地

1.(妈妈)小 宝 贝， 奶奶 说， 远方山里面 住着神 仙，
2.(妈妈)小 宝 贝， 人们 说， 天边山里有 很多神 仙，

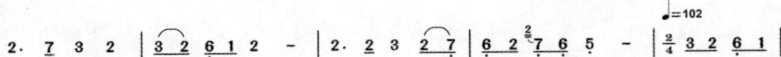

保佑一座 神 秘的山， 晚上会来 亲吻你的脸。(孩子)啦啦啦啦
守着一片 神 奇的天， 不会出来 和你见一面。(孩子)啦啦啦啦

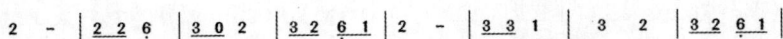

啦， 啦啦啦 啦 啦， 啦啦啦啦啦 啦， 啦啦啦 啦 啦， 啦啦啦啦
啦， 啦啦啦 啦 啦， 啦啦啦啦啦 啦， 啦啦啦 啦 啦， 啦啦啦啦

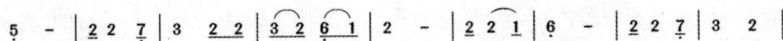

啦。 我要去 山 里面 找 神 仙， 问问 他， 有没有 亲过
啦。 我要去 山 里面 找 神 仙， 问问 他， 能不能 和我

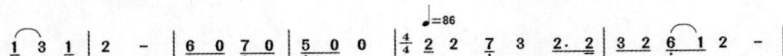

我 的脸， 我 的 脸。 (妈妈)不管 你能 不能 找到神 仙，
见 一 面， 见 一 面。 (妈妈)不管 你能 不能 找到神 仙，

一定要找到 成 长的童 年。 还要看看那 不一样的山，
一定要找到 成 长的心 愿。 还要看看那 天外还有天，

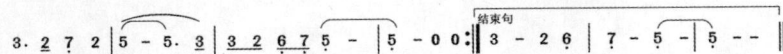

结束句

不一样的山， 不一样的山。 天 外还 有 天。
天外还有天， 天外还有天。

生日祝福歌

祝福生日，分享快乐，让生命充满爱。

1=E 2/4

快乐、深情地

吴鹤立 词曲

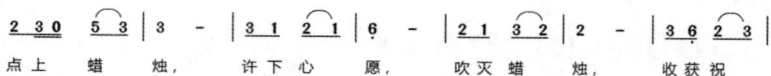

点上 蜡烛， 许下心 愿， 吹灭蜡 烛， 收获祝

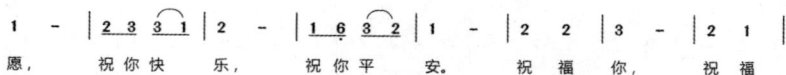

愿， 祝你快 乐， 祝你平 安。 祝福 你， 祝福

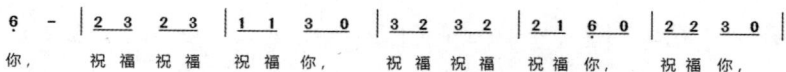

你， 祝福祝福 祝福 你， 祝福祝福 祝福 你， 祝福 你，

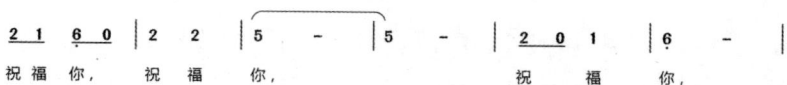

祝福 你， 祝福 你， 祝 福 你，

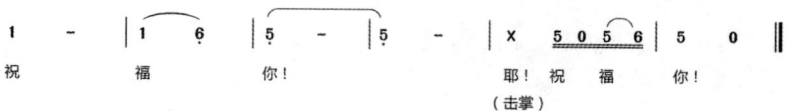

祝 福 你！ 耶！祝 福 你！

（击掌）

走进武汉

走进武汉，这里是美丽的江城。那里有我的情怀和记忆，也有你的汗水和足迹。

1=D 2/4

吴鹤立 词曲

♩=60 轻松、悠扬地

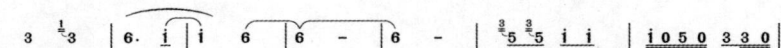

```
3  ⅓3  6. i i  6 | 6 - | 6 - | ³⁄₅5 5 i i | i 0 5 0 3 3 0 |
1.走  进   武        汉，              走  进 武汉， 走  进  武汉，
2.走  进   武        汉，              走  进 武汉， 走  进  武汉，
```

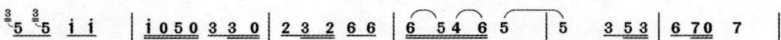

```
³⁄₅5 5 i i | i 0 5 0 3 3 0 | 2 3 2 6 6 | 6 5 4 6 5 | 5  3 5 3 | 6 7 0 | 7
走  进  武汉， 走  进  武汉。  有一种幸福 叫 吉   祥，      有一种 快乐 是
走  进  武汉， 走  进  武汉。  有一种宁静 叫 守   望，      有一种 神秘 是
```

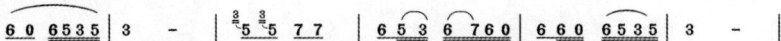

```
6 0 6 5 3 5 | 3 - | ³⁄₅5 5 7 7 | 6 5 3 6 7 6 0 | 6 6 0 6 5 3 5 | 3 - |
安    康。         东湖梅园， 圣洁 吉  祥，   百鸟  鸣   翠，
风    光。         汉阳门外， 三镇 守  望，   黄鹤  楼   前，
```

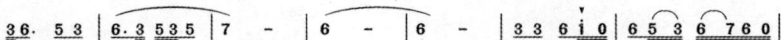

```
3 6. 5 3 | 6. 3 5 3 5 | 7 - | 6 - | 6 - | 3 3 6 i 0 | 6 5 3 6 7 6 0 |
是安 康 的 歌          唱。              长江 奔腾， 年年  吉  祥，
是风 光 的 画          廊。              江城 梦来， 人人  守  望，
```

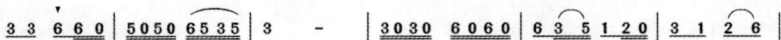

```
3 3 6 6 0 | 5 0 5 0 6 5 3 5 | 3 - | 3 0 3 0 6 0 6 0 | 6 3 5 1 2 0 | 3 1 2 6 |
楚天 福地，家家 安      康。       走 进 武  汉， 走 进  武汉， 走  进 武
九省 通衢，处处 风      光。       走 进 武  汉， 走 进  武汉， 走  进 武
```

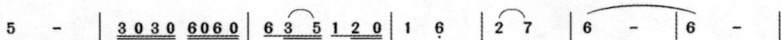

```
5 - | 3 0 3 0 6 0 6 0 | 6 3 5 1 2 0 | 1 6 | 2 7 | 6 - | 6 - |
汉，    走 进 武  汉， 走 进  武汉， 走 进  武   汉。
汉，    走 进 武  汉， 走 进  武汉， 走 进  武   汉。
```

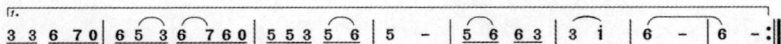

```
[1.
3 3 6 7 0 | 6 5 3 6 7 6 0 | 5 5 3 6 6 | 5 - | 5 6 6 3 | 3 i | 6 - | 6 - :|
江北 江南 万千 气  象，阳光的 武  汉，    等 你 的 地    方。
```

3 3 6 5 | 6 5 3 6 7 6 0 | 6 1 2 3 | 6 6 5 2 0 2 | 5 5 3 5 6 | 5 - |

安康 是那 吉祥 的守 望， 吉祥 是那 安康的 风 光。 美丽的 武 汉，

6 5 3 6 7 | 6 - 5 6 3 | 5 - 2 - 1 - 1 - | 6 7 0 6 5 3 5 | 3 - |

祝你 吉 祥。 神奇的 地 方， 祝你 安 康，

6 - | 3 2 | 6 5 1 - | 6 - | 6 - | 6 - | 6 - ‖

祝 你 安 康。

房县的故事说不完

"关关雎鸠，在河之洲"。我的故乡湖北房县，古称周南，是《诗经》的重要发祥地之一。

1=F 4/4

吴鹤立 词曲

中速 优美、抒情地

（简谱及歌词）

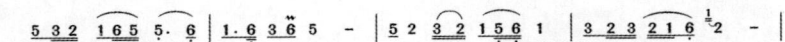

```
5 3 2  16 5  5. 6 | 1. 6 3 6 5  5 - | 5 2  2 15 6  1 | 3 2 3  2 16  ½2 - |
```
1. 房县的故 事 说呀说不完， 中华的诗 情 在这里发 源，
2. 房县的风 光 说呀说不完， 清澈的小 河 在这里蜿 蜒，

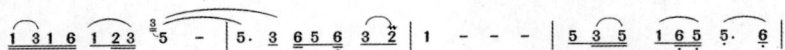

```
1 3 16 1 2 3  ³5 - | 5. 3 6 5 6  3 2 | 1 - - - | 5 3 5  16 5  5. 6 |
```
在 这里发 源，   在这里发 源。   房陵 古 城
在 这里蜿 蜒，   在这里蜿 蜒。   林海 楚 风

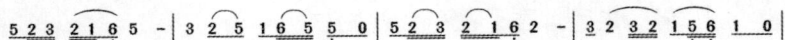

```
5 2 3  21 6  5 - | 3 2 5  16 5  5 0 | 5 2 3  2 16 2 - | 3 2 3 2  15 6  1 0 |
```
静静地诉 说， 家和 黄酒 醇， 勤劳 生 活甜。 关关 睢 鸠，
娓娓地道 来， 泉清 村庄 秀， 物阜 天 地宽。 茫茫 千 里，

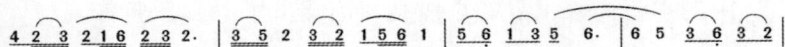

```
4 2 3  21 6  2 3 2. | 3 5 2  2 15 6  1 | 5 6  1 3 5  6. | 6 5  3 6 3 2 |
```
在河 之 洲。 文 明的 史 册越 千 年，   越 千
鱼米 之 乡。 幸 福的 歌 声到 永 远，   到 永

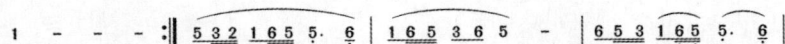

```
1 - - - : 5 3 2 16 5  5. 6 | 16 5 3 6 5  5 - | 6 5 3  16 5  5. 6 |
```
年。   啊   啊   房县呀房 县，
远。

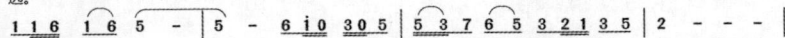

```
1 16  16 5  5 - | 5 - 6 1 0  3 0 5 | 5 3 7 6 5  3 2 1 3 5 | 2 - - - |
```
房县呀房 县，   好 山 好 水 好 地方， 周南的桃花 源。

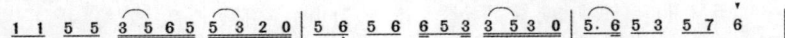

```
1 1 5 5  3 5 6 5  5 3 2 0 | 5 6 5 6  6 5 3 3 5 3 0 | 5. 6 5 3 5 7 6 |
```
房县房县我 们的家 园， 房县房县可爱的田 园。 请 你到房县来，

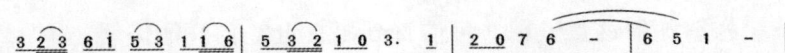

```
3 2 3  6 1  5 3 1 16 | 5 3 2 1 0 3. 1 | 2 0 7 6  - | 6 5 1 - |
```
风光 数不尽，故事 说不完， 故 事 说 不 完， 故

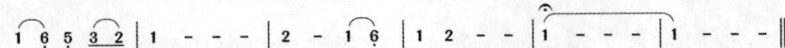

```
16 5 3 2  1 - - - | 1 6 | 1 2 1 - - - ‖
```
事 说 不 完， 故 事 说 不 完。
```
```

附三——我和我的母亲

玉兰幽香

母亲走了，去了我心海的左岸。

转眼就到母亲不幸辞世的第一个清明，我心中的那份尚未平复的哀痛又渐渐涌上了心头，随着《因为清华》的再版，总想要写点什么以告慰我的母亲。

因父亲下放还乡，我还在母乳喂养期就被父亲带到鄂西北深山里一个叫军马湾的小山村，跟祖母一起生活。如果连母乳期都算上，我和母亲共同生活的时间满打满算不过几年。为此，在我长大成人后，母亲对我总有一种歉意，而我也总在努力地去打消她的这点顾虑，可惜直到她去世，我好像仍然没能消除她心中的那份愧疚。这就是我的母亲，总觉得欠儿子的！她的离去，让我痛彻心扉地感受到自己在《新沙赋》中写下的"年高心愈静，母在子犹娇"已真真切切地成了昨日之叹。

小时候，我不是一个让母亲省心的孩子。记得还是在门古上小学一年级那年，有一次我惹得母亲很生气，她挥舞着洗衣服的棒槌追打我，我在前面跑，奋力攀爬一个很高很高的石坎儿，心想只要我爬上去，母亲肯定上不来。不承想就在要爬到顶的一刹那，脚底踩空，滚落下来，右下颌重重地撞在一个尖锐的石头角上，脸颊下方划开了一个很大的口子，露出森森的下颌骨。母亲追了过来，抢起棒槌刚要开打，突然尖叫起来："我的乖呀！"棒槌远远扔在了一边。

在手术室里等待手术时，母亲和阿姨在隔壁的房间里准备手术器具。只听见阿姨说："大姐，要不还是给孩子打点麻药吧！"母亲恶狠狠地说："不给他打，疼死他！"闻听此言，我顿时恶向胆边生，非常恨她。就在要进手术室给我做手术时又听阿姨说："大姐，要不还是您来缝，我给您打下手。"母亲压低声音："不，我下不了手，还是您来，我给您打下手。"我知道她压低声音是不想让我听见，可我还是听见了。我不但听见了，我还听出母亲是爱我的，我也听出了母亲的怯弱。我开始在心里责备自己错怪了母亲，暗暗下定决心要让母亲好好见识一下她不打麻药做手术的儿子。在手术的过程中，我自始至终一声都没吭，摆出一副若无其事的样子。阿姨一边缝一边称赞："啧啧，这孩子！"回家后，母亲破天荒给我做了一个荷包蛋，这无疑是那个年代只有过年才能吃上的美味，看着热气腾腾的荷包蛋，我心想："只要有荷包蛋吃，别说才缝了五针，就是再多缝两针也行。"

母亲似乎看出了我的得意，狠狠瞪了我一眼。

是年高考前，我和母亲在三堰长途汽车站附近一个太阳直射的变电站屋檐下小憩。母亲一边用手帕扇着风一边对我说："我一定给你保密，你能不能告诉我你到底想考什么大学？"我经不住她再三诚恳的保证，说："上海交大！""我的乖呀！"母亲惊叫了起来。

研究生毕业后，我回家给母亲看我的毕业证，母亲很是疑惑地看着我说："你不是去的清华吗？"我说："哦，我又去北大读了个研。"母亲上上下下打量打量我，说声："我的乖呀！"晃了晃头，就去了厨房。

31岁那年，我出任某央企在香港上市公司的助理总经理兼中国代表，也就是人们常说的"红筹股"

企业，忙里偷闲返乡看望母亲。一天，在陪她去顾家岗小河边集贸市场买菜的路上，母亲对我说："这些年来，你一会儿东、一会儿西的，今天你能不能跟我说说，你到底在干啥呢？"我说："算个官吧！"母亲饶有兴趣地看着我问："那有多大？"我说："大概也就算个七品芝麻官儿。""扑通"一声，母亲的菜篮子掉在地上，连连把我往回推："那你别陪我去买菜了。"我捡起菜篮，挽着母亲来到了市场，母亲快步走到那些卖好菜的摊位前，一是不还价、二是要得多。我知道这不是她的风格，平常这些菜摊她也鲜有光顾。我赶紧走过去把母亲拉到一个菜不怎么新鲜的摊位前，蹲下身来，一根一根地挑选好一点尚可食用的菜，然后学着她的样子一分钱、一分钱地还价，母亲站在我的身后掉下了眼泪，我装作没看见。

2020年武汉"封城"的前一天，母亲到了北京。在和母亲居家隔离的日子里，北京卫视3套《每日娱乐播报》栏目和北京广播电台《故事空间》栏目以及众多主流网络平台先后播报了我原创词曲的抗疫歌曲《爱生爱 心连心》。这让母亲感到很新鲜，估计在她的印象中我只是数学还行。每次歌声响起时，母亲总是会自言自语地说："我咋不知道你还写歌呢，曲子也是你写的呀？"我说："是，业余而已。"
接着，就是那句："我的乖呀！"早就年逾八十的母亲已开始有些健忘，随着歌曲的重播，我和她的这段对白就伴随着她轻微的老年痴呆也在重播。其间，我曾当着女儿的面问她，为什么小时候不给我布置数学作业为难我。母亲狡黠地一笑："我知道难不住你，我不上你的当。"那神情天真得像个孩子。

前年的春节前夕，我打电话给远在家乡的母亲，告诉她我的诗集《因为清华》已在当年的7月作为清华大学建校110周年校庆图书由清华出版社出版了，我准备寄一本给她作为新年礼物。电话那边从不知道我写诗甚至从没听说过我写诗的母亲，那句"我的乖呀！"又响了起来。

天妒人愿，正在我忙着准备再版《因为清华》时，母亲离开了我。哥哥在电话中告知我时，我实在不敢相信这是真的。当我拖着刚刚新冠阳性两天的病体赶到母亲的身边时，母亲已静静地躺在那儿，细碎的阳光照射在母亲的身上，直到此刻的我，依然还是相信母亲只是一时睡着了。窗台上，那本我寄给母亲的《因为清华》干干净净的，摆放得那样端正、那样醒目，令我不忍去挪动一下，非常担心如果我只要动一下，就再也不能放回原样。过了几天，我把那本《因为清华》一页一页撕开化成了灰烬，至此，我确信母亲，是真的走了。

母亲一生的经历很曲折、很坎坷，也很顽强、很简明。母亲从小是在长江边上一个叫江口的小镇长大的，又是在汉江边上的老河口城参加的工作，晚年在哥哥的安排下安居于汉口，我把她的经历概括成九个字"出江口、走河口、别汉口"。母亲，这就是您的一生！可母亲，天国在口外，奈何辞我行！

母亲走得很安详，她一生的追求，除了呵护她的三个儿子，就是奉献她所热爱的医疗事业。就算在北京和我居家隔离时，她还是那一副不以为意的样子，不时会对我说："我这一辈子没少在抗疫一线工作过。"正是母亲的这种善良、质朴，与世无争，更让我觉得母亲走得的确太仓促，我总觉得有很多很多事还没来得及跟她说一说，让母亲好好听一听、看一看。我不禁想起几年前送她回汉口在返京的高铁上填的那首《忆秦娥·辞母北还》：

琴台绝。楚风入夜忧伤别。忧伤别。灯烨两岸，气吞江阙。

低眉执手心头热。高堂白发声声咽。声声咽。此情所至，望穿秋月。

在送别母亲时，哥哥跟我说，母亲把她那一点微薄的退休金都存了下来。这在很多人看来，肯定不是什么大钱，但我知道在母亲的眼里那绝对是一个天文数字。我一生谨小慎微、勤俭克己的母亲啊，我该怎样评价您呢？我小心谨慎地为母亲做了一个结语："秉性敦颐荫三子；慈颜醉卧下西阳。"可这够吗？母亲，我要说的话似乎太多太多，而无论有多少语言都无法诠释您在儿子心中的一切。

回到北京后，我开始相信轮回，带着妻儿为母亲点亮了七盏长明灯，一直不停地点了七七四十九天，我只想问一声："母亲，您可看见，您回来了吗？"

而今，《因为清华》就要再版了，我却再也听不见那句我熟悉的"我的乖呀！"了。

斯人已乘仙风去，我欲何托同山阿？

吴鹤立

作于《因为清华》再版之际

2023 年 3 月

灯下夜阅

附
四
——
我
的
祖
母

《我的祖母》是我多年前写下的一篇怀念祖母的文章，一直压在箱底，从未想过要拿出来示人。《因为清华》出版后，不少读者对《北京站》一节中提及的我祖母一事印象深刻，令我此次再版《因为清华》时不禁更加思念我的祖母，又重新拾起这篇尘封已久的《我的祖母》。

我从小是跟着祖母和双目失明的祖父长大的。我的祖母勤劳、善良，富有感恩之心，身怀要强之气。她做起事来，不做则已，一做就一定要做好。祖母这种不服输的韧劲，从小就深深地影响了我，即使在今天，我的身上依然恪守着她的这种行事风格。

我的祖母不识字，是一个连县城都没有去过、一辈子生活在鄂西北大山里的人。在她的世界里只有她的孙儿我，除此以外的，几近一无所知。她的生命轨迹充其量也就是从婆家到娘家，再从娘家到婆家。小时候，我陪她走过几次，那时的我很好奇，不知为什么，回娘家时她总是带着我翻山越岭抄近路，返回时又领着我绕着山脚走远路，有时还会取道路过一下我很喜欢的姑姑家。据她说，这是为了让我知道："人不能只会走一条路。"今天看来，我认为她说的不全是，但一定是我对"条条大路通罗马"最早的受教。

我上大学二年级的时候，祖母去世了，父亲怕影响我的学业就一直没有告诉我。后来，我去北大上学，已再也没有机会告诉我的祖母，这也成了我心中最为深切的隐痛："人半百，夜难眠。月色烟云在眼前。最是一生偷泪事，未及相告入燕园。"（《捣练子·上北大未及相告祖母》）如今，无论我走到哪里，记忆的年轮总会转回到和祖母一起含辛茹苦的那个年代，尽管那时，我还很小；尽管那时，我总想让祖母承认我是个小大人。

因为家境贫寒，祖母会时常要向邻里借点柴米油盐之类的东西来周济一下。可每次借东西祖母都不让我去，还东西则基本上都是由我去。我问祖母为什么，她说借东西很丢人，奶奶去；还东西，不丢人，孙儿去！而且每次还东西的时候，祖母都会再三嘱咐我还的要比借的多一点，这绝对是我懂感恩、要担当最初始的和最有操作性的启蒙。

1983年，我参加了高考，成绩刚刚下达到地区教育局，尚未下达到各个学校。虽然那个时候还不允许查询分数，但依然有很多家长提前堵在了教育局办公室的门口，我的父亲也在其中。他用几乎是哀求的口气和工作人员商量："我儿子叫吴鹤立，不让查就不查，你能不能帮我看看，不用告诉我多少分，只要告诉我有没有过分数线就行。""谁？吴鹤立，您请进来吧。"万没想到拦在门口的工作人员破例把我父亲让了进去，并请他坐下，还倒了一杯热茶，然后，找出一个成绩单递给我的父亲，再三强调只许看、可以背，但不能抄。没想到这一下激起了公愤，大有不可平息之势，那位工作人员横眉直指一位情绪激昂的家长说："你儿子，考他儿子的成绩，你就进来！"喧哗戛然而止，大家让开一条通道，给了我父亲一种只属于那个年代特有的礼遇，以至于我的父亲后来每碰上一个熟人，就要把这段故事再讲述一遍。

在我赶往北京后，父亲又请了一个星期的假专程回老家去告诉我的祖母："您孙儿考上清华了。"

没想到祖母劈头盖脑地冲着我的父亲喊叫："清华是个什么东西？托人捎个信就行，还要你大老远地跑回来一趟，瞎耽误工作。"祖父也在急促的咳嗽声中附和道："是呀，你说说，清华是个什么玩意儿？"可怜我的父亲从庚子赔款说到钱学森、钱三强、钱伟长和华罗庚等，估计什么"最高学府""工程师的摇篮""两弹一星"都用上了。父亲从查到分数那一刻就开始的兴奋，还未消退，肯定能让他用尽他所有的语言表达能力。可结果是，祖母和祖父除了摇头还是摇头，越听越糊涂。就在近乎绝望的关头，父亲突然急中生智问二老："那你们知道郧阳府高吗？"郧阳府高是我的中学在解放前的习惯叫法，我是从祖母身边考上这所中学的。祖母和祖父点点头："这个，谁不晓得！"父亲得意地说："那清华，就是我们中国的郧阳府高。"祖母和祖父几乎同时责备父亲怎么不早说，俩人又几乎同时泪奔。多年后，父亲每说起此事都会摇头感叹："我算知道，什么叫秀才遇到兵了。"

我的祖母裹过脚，要经常泡洗。每次祖母洗脚的时候，我就会蹲在脚盆边，看着祖母很奇怪的脚问："奶奶，你脚疼吗？"祖母总是和颜悦色地说："孙儿呀，奶奶不疼。""那奶奶你为什么要裹脚呢？""孙儿呀，不裹脚，就会找不到婆家。""那为什么要找婆家呢？"这时，祖母总是会嗔我一下："没婆家就没有孙儿了。"每次听完这句，我都会高兴地大喊大叫着跑开，因为我知道了，祖母裹脚原来都是为了我。这样的场景不知重复了多少回、不知重复了多少遍，其实我就是为了听最后这一句，可祖母从来都没责怪过我一次。祖母离开我已经很多年了，她那双倔强的小脚依然是我的心灵中最为骨感的支撑点，无论如何我都无法把祖母的小脚和风流雅士笔下的三寸金莲联系在一起。

记得还是上小学后没多久，当我会写祖母的名字时，高兴地把她的名字写在一个纸条上给她看："奶奶，这是你的名字。"祖母高兴得合不拢嘴，仅有的几颗牙好奇得有点夸张："哦！这就是我的名字。"她小心又小心地把字条揣进怀里："孙儿呀，以后谁要是再问我的名字，我就给他们看这个。"据父亲说，祖母在弄明白什么是清华后，拿出了一个油布包，一层、一层颤颤巍巍地剥开，里面包的就是这张字条，和她的钱叠得一样，搁在一起。那年，我带女儿回老家时，二伯告诉我，祖母走的时候，是带着我写的那个字条走的。听到这儿，我只恨我回来得太晚、太晚。

祖母离开了我，一生平凡朴素的她，或许有一天在这个世上可能只剩下我还记得她的名字。祖母给我留下的太多、太多，而她带走的只是我用铅笔写下的那三个字——她的名字。祖母是带着文字的芬芳走的，那是她的全部；祖母也把文字的芬芳留给了我，也是我的所有。我常常对着夜空遥望，在这个信息可以爆炸的时代，我们有多少人除了忙于用计算机、手机制造文字垃圾，还有多少人会在意我们的先人在创造文字时的初衷，还有多少文字可以闻到芬芳。又当我们抢着用多媒体包装我们的躯体时，的确让我们更为流光溢彩，可还有多少是祖母油布包里包裹的那份无声？

　　多少年来，我一直以为自己了解祖母就像我了解自己一样。可惜我一直都没有想明白，祖母为什么会那样地放纵我、宽容我，让我经常依仗祖母对我不分青红皂白的溺爱，去欺负堂兄弟堂姐妹，还有婶婶伯父等长辈，甚至我的祖父。当我把在大学所学的专业知识快要沽空的时候，才恍然大悟，我那不识字的祖母，从小就在我的身上埋下了"什么是一时的，什么是一世的"的种子。

　　《因为清华》即将再版。祖母，无疑是我最想告知的人。突然，我明白了祖母那句"清华是个什么东西？"的真正用意。什么是清华，清华是什么？不是父亲可以用语言能解释清楚的，是祖母要我用我的一生来回答她的——我的祖母之问。谢谢您，我的祖母！

吴鹤立

2023 年 3 月修订

后记

素质教育和应试教育一直是人们争论的两个话题，我无意介入争论，也无意就此探讨出一个孰是孰非。就笔者的经历而言，为高考拼搏的日子，贯穿了我的高中阶段。在清华上学期间，严格的考试安排，又伴随了我的大学时代。我也曾思考过这样一个问题：如果没有应试教育，不知道我们是否会缺失一些灿烂的传统文化。诚然，就一个人的素质而言，知识与能力有时又的确存在违和的现象。可以预见，这两个话题的争论必将继续，探讨也必将深入。

2015年暑期，我携小女赴四川旅游。是年，小女小升初，这两个话题在我亲身经历之后，又离小女越来越近。在成都的杜甫草堂，我萌生了写一首长诗反映清华与清华学生的想法，至 2018 年我毕业 30 周年时，完成了初稿。之所以有这样一个想法，原因就在于我认为：一个人会有一个人的气质，一所学校也会有一所学校的气质。正如我在诗中写道："我们会记住人们说，素质，赢得成功；可我们自己还想说，气质，赢得人生。"基于此，我开始尝试用文学的语言来解读清华和清华学生的共性之处及个性所在。

全诗的创作，数易其稿，能在母校 110 周年华诞这个特殊而有纪念意义的时刻成稿，深感欣慰。全诗借鉴了中国古典小说的章回式写法，并尝试运用于诗歌创作，意在为诗歌添加一些小说般的故事感和情节感。最后，在附录《清华印》中，收录了我与清华相关的古体诗作；在《清风引》中收录了我原创的歌曲《大学生之歌》，以期和读者朋友们一起感悟大学时代，怀念大学时光，同时，也希望能和广大中学生朋友们一起分享对大学的向往。

大学是青春的驿站，大学是劝业的道场。在写作中，我的一个基本创作构想就是：力求见之于细小之处，入定于性情之中；追求平实的语言，打造沉淀的味道。

由于本人写作水平有限，多有力不从心之处，难以诠释初衷。所幸，在本书成稿后，尊敬的史宗恺老师、覃川老师给予了我极大的鼓励和支持，孙哲老师不顾年事已高为本书审稿，唐杰、程曦、解红岩、杨丽英、董都、张凤春、单玲、刘芳、吴若霖和耿红梅为本诗集的成书提供了真挚的帮助，在此一并表示衷心的感谢！

吴鹤立

2021 年 4 月 20 日于北京

日暮

图片摄影　董都

第二教学楼

图片摄影　吴鹤立

校园一角　　　　　　　　　　　　　　图片摄影　杨丽英

新斋

生物学馆

图片摄影　董都

科学馆

图片摄影　杨丽英

西阶梯教室

图片摄影 吴鹤立

古月堂

同方部

图片摄影　吴鹤立

王国维纪念碑

理学院　　　　　　　　　　　　　　　　　　　图片摄影　董都

伟伦楼

原力学馆

图片摄影　张凤春

清华园

图片摄影　董都